転生前のチュートリアルで異世界最強になりました。

準備し過ぎて第二の人生はイージーモードです!

小川悟

Illustration
しあびす

CONTENTS

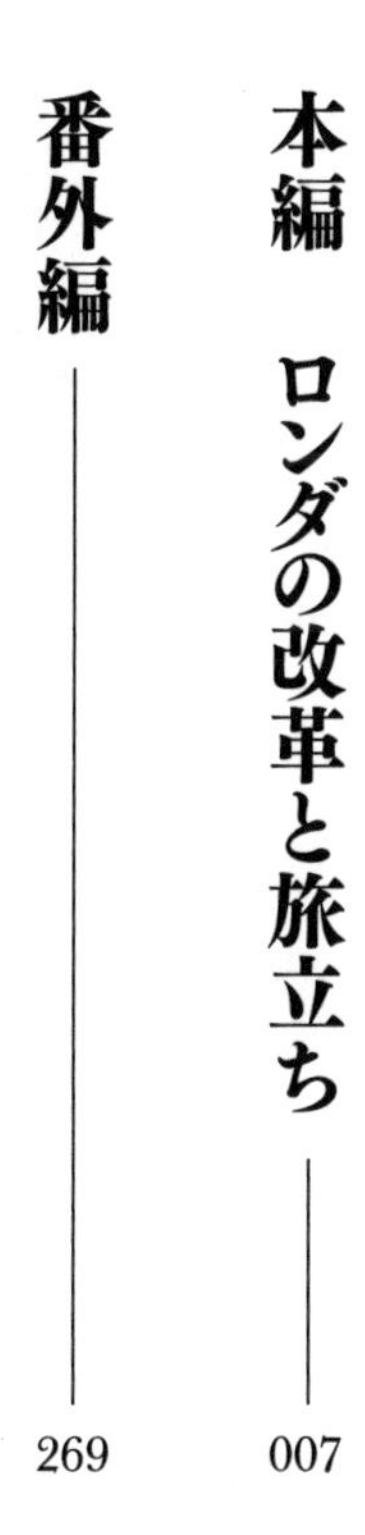

I became the strongest in another world
in the tutorial during my lifetime.

登場人物紹介
ハル
食いしん坊な
ピクシードラゴン。
現代日本の知識を持つが、
感性は古め。
ジジ
人族の少女。
泣き虫で不器用だが、
頑張り屋。
アーリン
辺境の町・ロンダの
領主の娘。
魔術師としての
才能を秘めている。
テンマ
33歳で命を落とし、
異世界に転生することになった
元ゲーマー。
ゲームの知識で
この世界を楽しみ尽くす。

バルドー
ドロテアの元冒険者仲間。
しっかりしているが、
キケンな趣味を
持っている……？
ドロテア
ロンダの魔術師ギルドの
ギルマス。
妖艶だけどポンコツ!?
シル
テンマの従魔である、
シルバーウルフの子供。
食いしん坊&甘えん坊。

ロンダの改革と旅立ち

I became the strongest in another world
in the tutorial during my lifetime.

第1話　ある密談

「皆さんお集まりいただきありがとうございます」

俺、テンマは努めて堅苦しく挨拶をした。

ここは冒険者ギルドの会議室。

集まってくれたのはロンダの領主でありアーリンの父親でもあるアルベルトさんに、騎士団長のバロールさん、そして冒険者ギルドのギルドマスターであるザンベルトさんだ。

彼らは実質的に辺境の町、ロンダを仕切っている三人でもある。

そんな三人に対して、俺はある相談をしなければならない。

悠々自適な生活を送れると思っていたのに、まさかこんなことになるだなんて……。

そう心の中で嘆きながら、俺はこれまでの日々を振り返る。

日本で三十三歳のときに命を落とした俺は、十四歳の少年の姿で異世界に転生させられた。

転生先で簡単に死なないように三ヶ月の研修を受けなくてはならない、と神に言われていたのだが……蓋を開けてみればそれが終わったのはなんと十五年後。

しかし、その中で前世のゲーム知識を活かして工夫をし続けていたから、俺のステータスは完全にチートじみた数値になったのである。

そんな研修を終え、俺が放り出されたのは、テラスという名前の世界にある辺鄙な村・開拓村の付近だった。

開拓村に身を寄せ、一ヶ月半くらいのんびりした生活を送っていた俺だったが、村に住む狐獣人の美少女・ミーシャに流される形で村を出て、冒険者として活動することに。

そうしてまず立ち寄ったのがここ、ロンダ。

ここに来てから大変なことも少なからずあったが、いいこともたくさんあった。

その中でも喜ばしいのは、仲間が増えたことだ。

人間族と兎獣人のハーフであるジジとピピ姉妹。国の中でも指折りの魔術師で、ロンダの魔術ギルドのギルドマスターを務めている上に英雄とまで呼ばれるドロテアさん。そしてロンダの領主であるアルベルトさんの娘のアーリン。

大変なこともあるが、彼女達に出会ってから生活は賑やかになったと感じる。

先日はドロテアさんとアーリンの誕生会があって、それにあやかって俺らもご馳走を食べたり女性陣をオシャレさせたりと楽しませてもらったしな。

だが、賑やかなのがいいとは言ったって、限度はある。

そう、それが今回アルベルトさん、バロールさん、ザンベルトさんを呼び出した理由なのだ。


「テンマ君、どうしたんだい？　重要な話があると聞いたけど？」

ザンベルトさんはそう質問してきた。

ドロテアさんとアーリンの誕生会に駆けつけた貴族や商人がようやく帰途につき、冒険者ギルドの忙しさも一段落したからだろう。その口調はどこか気が抜けているかのようだ。

バロールさんも、同じく忙しさから解放されたからか、気軽な感じで言う。

「テンマ君、なんだか喋り方も少し堅苦しくないかい？　今更我々に気を遣う必要はないし、気軽に話してくれた方が我々も嬉しいよ」

「その通りだ。身分に関係なく、いち友人として話してくれ。もっとも、そういう意味で言ったらテンマ君はあのドロテア伯母上と仲がいいから、私の方が気を遣わないといけないのかもしれないがね。ハハハハハ！」

アルベルトさんも同じか……。

彼らは、今起きている由々しき事態について、何も気付いていないみたいだな。

ドンッ！

俺は会議室の机に拳を振り下ろし、三人を順番に睨みつける。

三人は音に驚(おどろ)いて体を震(ふる)わせ、次いで睨まれていることに気付いて唾(つば)を呑(の)む。

俺は、殊更丁寧(ことさらていねい)に尋ねる。

「皆さんは、最近奥さんと会われていますか？」

「おっ、そう言えば最近見ていないなぁ」

バロールさんはそう気軽に返答したが、ザンベルトさんとアルベルトさんはバツの悪そうな表情になる。

少しして、ザンベルトさんがもごもごと答える。

「あ、姉上の屋敷(やしき)に行っていると聞いていたが……」

「おっ、そうなのか？　だったらうちの嫁(よめ)も姉上のところに行っているのかぁ」

バロールさんは相変わらず通常運転だ。

奥さんのスケジュールを把握(はあく)するつもりがないなんて……こんなんで夫婦生活は上手くいっているのか？

いや、そのせいで他人に迷惑がかかっているというのに、無関心なことの方に腹が立つ。

こめかみがピクピクするのが自分でも分かる。

そして残る一人――アルベルトさんは無言で俯(うつむ)いた。

俺は口を開く。

「皆さんの奥様達は、私のどこでも自宅に滞在(たいざい)されていますよ」

「「「どこでも自宅？」」」

そういえば彼らは空間ごと複製（ふくせい）出来る空間魔術――ディメンションエリアを用いて生成したどこでも研修施設――D研（どこ）に来たことはないし、その存在について話したこともなかった。

……っていうか奥さん達は、旦那に何も話していないのか？

これまであまりD研（どこ）に関しては口外しないようにしていたが、これほどその存在が広まってしまった上に彼らの奥様方が入り浸（びた）っているとなれば隠す理由もない。

面倒だと思いながらも、俺は順を追って説明することにした。

「俺は空間魔術スキルでD研（どこ）という名の亜空間（あくうかん）を作りました。俺達は普段そこで暮（く）らしているんです。その入り口は今、ドロテアさんの屋敷の中にあります」

「「「空間魔術スキル⁉」」」

耳馴染（なじ）みのないスキルに驚くのは分かるが、今はそんな場合じゃねぇ！

とは思うものの、それに関しても詳しく話しておかないと、話が進まなそうだ。

「ええ。最初はその中に仮設住宅を作ってそこに住んでいたのですが、最近ようやくD研（どこ）の中に自宅……どこでも自宅が建ちました。時に、ザンベルトさんの奥様は商業ギルドで働いていたときに、契約魔法を使っていましたよね？」

「ああ、それはそうだな……」

ザンベルトさん、顔色が悪いですよ。

以前自宅に奥様方がやってきたせいで俺が追い出されたことは伝えていたから、そこから更に事態が悪化していそうだと察して、思考を巡らせているのだろう。

俺は続ける。

「俺は契約魔法を使ってご家族以外に情報を漏らさなければ、どこでも自宅にいらしてもいいですよとお伝えしました。ですが、奥様方は契約を結んだのをいいことに、ずっとうちに滞在しているんですよ。気付いていませんでしたか？」

「「「そんなことになっているのか⁉」」」

三人は口を揃えてそう言った。

おっ、やっとバロールさんもことの重大さを理解したようだな。

少し嫌味っぽい口調で、俺は言う。

「いや〜、どこでも自宅が実質女性陣に占拠されているような状態でしてねぇ。自分の家なのに、居心地の悪いこと、悪いこと。今では誰の家なのか分かりませ〜ん」

「「「……」」」

三人は俯いて目を合わせない。

まあ、そうなるよね。

「とはいえ、皆さんが何かしたわけでもありません」

そこで言葉を区切り、俺は再び三人を見る。

三人は自分達が責められるわけではないと思い、ホッとして顔を上げていた。

やっぱりことの重大さを分かっていないんじゃないか！　妻の問題は夫の責任でもあるだろうに！

そんな気持ちを込めてもう一度三人を睨むと、彼らは固まった。

俺は続ける。

「ミーシャやジジ、ピピも楽しそうに過ごしているので、少しなら目を瞑（つむ）ります。ただ、ここまで長い期間どこでも自宅に入り浸られると、困ってしまうのです」

三人は、コクコクと首を縦（たて）に振っている。

そんな彼らに、俺は人差し指を突きつけ、告（つ）げる。

「そこで三人には、奥様とドロテアさんの行動を管理してもらいます！」

それを聞いて真っ先に反応したのは、ザンベルトさんだった。

「ちょ、ちょっと待ってくれ！　テンマ君の気持ちは理解出来るし、可能な限り協力はしたいと思っている。だが、妻達はおっかないし……それに、ドロテア姉上が関わっているとなると、力になれるとは言い切れないな……」

アルベルトさんもそれに同意する。

「そ、その通りだ。テンマ君には申し訳ないが、妻や娘、伯母上と相対するくらいなら、いっそのこと……」

いっそのこと、なんなんだ!? 何かとんでもない決断をするつもりなのか!?

そう思いながらバロールさんの返答を待つが……。

「……」

状況を理解したらしたで、発言しなくなるってどういうことだよ！

前世でも、女性が家庭を仕切っている家は多かったような気はする。

だが、この世界では女性が権力を持つ傾向がより顕著だ。

最初はロンダの男達が、高名な魔術師であるドロテアさんに対して頭が上がらないだけかと思っていたのだが、そうではないようだ。

今回の件もそうだし、開拓村で世話になった家では、大黒柱であるランガの妻であり、ミーシャの姉でもあるサーシャさんが家の権力を握っていた。

ランガの冒険者仲間であるグストだって、ルカさんの尻に敷かれていたし。

創造神テラス様が女性であることも、影響しているのかな？

ともあれ、俺もこれまでの暮らしの中で、女性を向こうに回すと大変なことは理解している。

これ以上彼らを追い詰めても無理そうなので、代案を出すことにした。

「分かりました。それでは、皆さんに奥様やドロテアさんをどうにかしてもらうのは諦めましょう」

三人が大層ホッとしているのが分かる。

しかし、安心してもらうにはまだ早い。

俺は続ける。

「ただ、皆さんには、快適な邸宅を作るお手伝いをしていただきます」

「「「？？？」」」

三人は揃って首を傾げた。

確かに、これだけで理解しろっていうのは無理な話か。

「アルベルトさん、誕生日祝いでお客さんが滞在した迎賓館を、これから使う予定はありますか？」

「いや、しばらく使う予定はないし、今は閉めている」

「そこを私の好きなように改修させてください。まあ、改修というより建て替えの方が正しいかもしれませんが。それに加え、周りの使われていない土地も提供していただけませんか？　それらを使って、奥様方が利用出来る施設を造りたいのです」

どこでも自宅並みに快適な環境を用意すれば、奥様方やドロテアさんもずっと居座る意味がなくなるだろう。

そう、住み良い邸宅を用意しようと考えた目的は、俺がそこに住むことではなく、どこでも自宅を奪還することにあるのだ。

「「「！！！」」」

三人は絶句した。

俺は畳みかけるように言う。

「よろしいですね？」

「えっ、いや、しかし、でも……し、仕方ないのか……」

アルベルトさんは混乱しているようだが、前向きに考えてくれている様子。

しかし、バロールさんが抗議してくる。

「ま、待ってくれ、周りの空き地は騎士団の訓練で使うんだ」

俺は人差し指をピッと立てる。

「それでは、騎士団を私が鍛えてあげましょう。今の騎士団は弱すぎますから。最初は広い場所で訓練する必要はありませんし、これで問題は解決です」

「なっ！」

バロールさんは目を見開いている。

まさか俺が騎士団に関わろうとするとは、夢にも思わなかったのだろう。

俺はかつて自分が受けた十五年もの研修の知識を下敷きに、独自の育成システム――テンマ式研修を生み出し、仲間達に受けさせてきた。

しかし、これまではあまりロンダの人々にそういった知識をひけらかしてこなかったからな。

転生した当初は、貴族を始めとした権力者とは距離を置きたいと考えていた。

でも、気付けばドロテアさんや今目の前にいる三人を始めとした、町の権力者達と近しい関係になってしまっていた。

それならばいっそのことロンダの町ごと、研修都市にしてしまおうと考えたのだ。

先日、この世界を管理する神であるテラス様に会った際、世界を滅ぼすなとは言われたが発展させるなとは言われなかったから、許されるだろうという判断だ。

「ふふふっ、ドーピングも使って徹底的に鍛えてあげましょう！」

ニヤニヤ笑いながらそう口にすると、なぜか三人の顔色が真っ青になる。

やがて、ザンベルトさんが口を開く。

「テ、テンマ君、どーぴんぐ？　とはなんだい？」

俺は説明する。

「ひたすら訓練して限界まで体力を使い切り、特製ポーションで強制的に回復させるというのを繰り返すんですよ。何度も限界まで訓練することで、これまでとは比較にならないほど能力が向上しますよ。あぁ、それに毒薬や麻痺薬を呑んだ状態で訓練すると、より能力が育ちやすくなりますし、状態異常に対する耐性をつけることも出来ます。その代わりお腹はちゃぽちゃぽになりますし、食事も食べられなくなりますけどね！　アハハ！」

俺の説明を聞いて、三人の顔色は益々悪くなってしまった。

アルベルトさんが尋ねてくる。

「そ、それは危険じゃないのか？」

「えっ、アーリンもドーピング、やってますよ」

「「「！！！」」」

三人が再び絶句した。

アルベルトさんは少し涙ぐんでるようにすら見えるが、まぁ気のせいだろう。

俺は咳払いして、再度訴える。

「騎士団が強くなれば町の治安は良くなるし、魔物にも対処出来るようになります。領にとっては良いこと尽くめです。そして俺が協力するのは、軍事力の強化だけではありません。領の発展に関してもアイデアがあります」

なぜか疑いの視線を向けられている気がするが、気にしない、気にしない！

さあ、この世界に干渉し始めるぞ！

第2話　ピクシードラゴン

アルベルトさん、バロールさん、ザンベルトさんとの話し合いを終え、俺は冒険者ギルドを後にした。

更にロンダの町を出て、森を歩きながら考える。

話し合いの首尾は上々だったな。結局あの後三人はどうにか納得してくれたし。

なんとかなってよかった。

とはいえ、実はそれほど女性陣がどこでも自宅を占領していることに怒っているわけではない。

女性とのコミュニケーション能力が低いのは自覚しているし、今更簡単に性格を変えられないから、俺にだって原因はあるのだろう。

本来であれば何が起こっているのかを直接聞いた上で解決に向けて動くべきだったというのは、分かっている。しかし、この間俺がみんなの洋服を作っている最中に遊んで待っていたことに対してしっかり怒ってしまったので、これ以上がみがみ言うのもなぁと気が引けてしまったのだ。

まぁ引き籠り体質の俺の望みとしては、ゆっくりするための空間が必要だというだけである。

それならなるべく争わない方法で解決しよう、という意図があった。

とはいえ、施設を作るためには石材や木材が大量に必要だ。

三人にそこまで工面してもらうとなるとさすがに可哀想な気がしたので、素材はこちらで集めると提案した。

そんなわけで俺は素材を採取するべく、フライの魔法を発動し、飛び立った。

しばらくすると、前方に大きな山が見えてきた。

早速山の中腹の岩場に降りる。

まず魔法で岩を必要な大きさのブロックに切り分け、アイテムボックスに次々と収納していく。

そんなことをしていると、ワイバーンが襲ってきた。

風魔術のウインドカッターで首を切り落として、収納する。

ここら辺はワイバーンの住処になっているらしく、それからも何度かワイバーンが襲ってきた。

それらを難なく倒していると、しばらくして二十四以上のワイバーンの集団がやってくる。

中には二回りも大きい、上位種まで交じっているではないか。

最早ここまで大きいと、ドラゴンとすら呼べてしまいそうだ。

とはいえ、それでも俺の敵ではない。

これまで同様に、すべてのワイバーンの首をウインドカッターで落としてやった。

それを機に襲ってくる魔物がいなくなったので、岩の切り出しに集中出来るようになった。

結局、必要としている量の十倍以上の石材が集まったので、大満足である。

さて、次は木材を採取するか。


山を飛び立ってからすぐに、巨大な杉の森を発見した。

森の入口に降り立ち、辺りの木を観察してみる。

幹の直径は三十メートル以上あり、樹高は百メートルくらいはあるだろうか。

再度フライで上空へ飛び、森を上から見てみると、森の中心部にはもっと立派な木が生えていることが分かる。

これだけ大きな木が、森の中では比較的小さいのだと知り、驚く。

とはいえ、あまりにも大きな木を採取しても扱いに困るので、俺は森の入口に戻る。

改めて先ほど見上げた木を見て、悩む。

素材としては申し分ないが、徒に木を切ってしまえば森自体を殺すことに繋がってしまう。

そう思い、周囲を見回すと、どうやらこの森はそもそも間伐されていないらしく、所々倒れていたり、発育不足になっていたりする木があるではないか。

まず倒木を収納し、余分な木をウインドカッターで伐採しようとしたが……切れなかった。

というわけで、より切断力の強い水魔術のウォーターカッターを使い、どうにか切り倒した。

そんなことを繰り返し、五本ほど収納し終えたタイミングで、突然斜め前から光の塊が飛んできた。

魔法による攻撃かと思い、慌ててそれを避ける。

しかし、光の塊は勢いよく方向転換し、再度襲ってきた。

それも躱したが、またしても光の塊は俺に迫る。

この光の塊の正体を見極めないことには、埒が明かないな……。

そう思い、集中して光の塊をよく見ると……妖精とゆるキャラの中間のような姿をした何かが、翼を広げ、体を光らせて体当たりしてきているのだと分かる。

どこかで見たことある気がするな……えーっと確か……こいつ、ピクシードラゴンじゃないか!?

念のため鑑定してみると——当たりだ。

体を宝石のように硬くして高速で体当たりしてくる魔物だと、研修施設の図書室にあった魔物図鑑では説明されていた。

読んだときは人形やフィギュアぐらいの大きさかと思っていたが、小型犬ぐらいの大きさだな。

そう考えている間にもピクシードラゴンは体当たりを敢行してくる。

しかし、初撃はまだしも、体当たりの速度に慣れた今、避けるのは特に難しくない。

とはいえ何度も躱し続けるのは面倒だな。

そう思った俺は、体当たりを避けながらピクシードラゴンを両手で掴む。

……よし、捕獲出来た。

光ってはいるが、熱を持っているわけではないんだな。

ピクシードラゴンはじたばたと暴れながら——

『放しなさい、人間のクセに生意気よ！』

えっ、えええっ！

逃げ出そうと手の中で暴れるピクシードラゴンが念話を使ってきたので、俺は驚いてしまう。

『え〜と、会話出来るのかな？』

俺がそう念話で返すと、ピクシードラゴンは暴れるのを止め、俺の目を見て言う。

『あら、念話が使えるのね。それにしても、レディーを乱暴に扱うのは失礼よ』

確かにそうかもしれないが……レディーって誰のこと？

『でも、放したらまた体当たりしてくるだろ？』

『だって、私の森の木を勝手に切ったじゃない！』

あぁ、この森には所有者がいたのか。それは俺が悪い。

頭を下げる。

『それはすまない。まさかこの森が誰かのものだとは思わなかったんだ』

『謝(あやま)って済(す)む問題じゃないわ！』

『それはそうかもしれないけど……じゃあ、どうすれば良いかな？』

『死んで詫(わ)びなさい！』

さすがにそれは厳(きび)しすぎるだろ……。

俺は顔を顰(しか)める。

『さすがに死ぬのは勘弁(かんべん)かな。そのつもりで攻撃してくるなら、反撃するしかないよ』

『開き直るの!?　これだから人族は信用出来ないのよ！』

そう言うお前は、ドラゴンのクセに随分(ずいぶん)人間臭(くさ)い反応をするよな……。

とは思うが、一旦それは呑み込み、言う。

『ごめん、さすがに死にたくない。そうなると君のことをキュッと殺すしかないよね』

『ま、待ちなさいよ！　私は人族を救った勇者タケルと一緒に魔王を倒した英雄なのよ！』

俺は首を傾げる。

『それって誰？　有名人？』

『はぁぁぁぁぁ!?　世界を救った勇者のことを忘れるなんて！　これだから人族は！』

世界を救った？　いつの話？　みんな知ってるの？

ぶっちゃけ俺は最近転生してきたので、そういったこの世界の常識に疎いところがある。

とはいえ、なんだかそれをこうも強く言われると不快だな……。

『うん、知らない。そんなことより、死にたくないから――』

声から不機嫌さを感じ取ったのか、ピクシードラゴンは俺の言葉を遮るように言う。

『待ちなさい！　そ、それなら、美味しい物を食べさせてくれたら、ゆ、許してあげるわ！』

そんなことで許してくれるのかよ!?

『本当だろうね？　手を放しても攻撃しない？』

驚くほど目が泳いでる。

人間臭い反応だなぁ。

そう思いながらも、俺は声を低める。

『もし、攻撃してきたら、プチッとしちゃうよ』

『し、しないわよ！』

怪しいが、これ以上追及しても無意味なので、話を進めることにしよう。

『それで、何が食べたいのかな？』

『そうね〜唐揚げにポテトチップス、プリンも食べたいわ。それ以外はダメよ。用意出来なければ……死んで詫びなさい！』

得意気に言うピクシードラゴンを見て、『なんでそんな食べ物を知っているんだ？』と首を傾げる俺。

唐揚げはこの世界にあっても不思議ではないけど、ポテトチップスとプリンはいくらなんでも現代的すぎるだろ！

もしかして勇者タケルって、転生者なのか⁉

そんなふうに驚く俺を見て、困っていると思ったのだろう。

ピクシードラゴンは『フフフ、用意出来るかしら？』なんて言いながら、ほくそ笑んでいる。

俺は、飄々と言う。

『用意出来るよ。ホロホロ鳥の唐揚げで良いかな？』

『えっ、用意出来るの。本当に？　まさかプリンも⁉』

おお、驚きより喜びが勝ったのか。

目がキラキラしている。

『あ～でも……』

『何、出来ないの？　期待させておいて用意出来ないって言うの⁉』

俺は少し溜めて、言う。

『プリンは、砂糖じゃなくてハニービーの蜂蜜を使った奴しか作れないんだよね』

『ハ、ハニービーの蜂蜜⁉』

ピクシードラゴンの言葉に、頷く。

『生憎、砂糖は見つけられていなくてね。だけど、ハニービーの蜂蜜を使ったプリンは絶品だ。蜂蜜のあまーい香りが、口の中で広がる感じが最高なんだよ』

ピクシードラゴンさんや、涎が手に垂れてますがな。

慌てて涎を拭いてから、ピクシードラゴンはそっぽを向く。

『し、仕方がないわね。そ、それで我慢してあげるわ！』

そう言ってピクシードラゴンは光るのをやめた。

光が収まると、体の色がピンクだと分かる。

手を放すと、その場で……羽ばたくことなく浮いているだと⁉

フライみたいな魔法を使っているのかな？

そしてピクシードラゴンは約束通り攻撃してくることはなく……というより、涎を垂らしながら催促するような目でこちらを見てくる。

俺がルームを開くと、ピクシードラゴンは当然のように肩に乗ってきた。

ルームは、自分専用の亜空間を生み出すことが出来る生活魔法の一種だ。

その中にはこれまで得た物資をため込んでいる他、居住スペースもある。

俺に触れている状態でないと他の人はルームに入れない仕様になっているのだが、それを知っているということだろうか……。

そう考えていると、ピクシードラゴンは偉そうに言う。

『あら、ルームが使えるのね』

むしろこちらからすると、なぜピクシードラゴンがルームを知っているのかと問いたいところだが、それより気になることがある。

肩に涎が付いて不快なのだ。

いち早く肩の上から退いてもらうために、俺は足早にダイニングに向かう。

そして、収納空間からテーブルの上にホロホロ鳥の唐揚げを出してやる。

ピクシードラゴンは肩から飛び降りてテーブルに座り、ジッと俺を見てきた。

……待てをしてるのか？

しかし、食べるように促しても、こちらを見てくるのみだ。

これまでの人間らしい振る舞いから『もしかして……』と思い、フォークを出してみる。

すると、ピクシードラゴンはフォークを俺から奪うように掴み、唐揚げを食べ始めた。

待てじゃなくて、フォークを待っていたのか……。

あまりの人間臭さに驚きながらフライドポテトやスープ、パン、そしてスプーンやナイフ、マヨネーズやケチャップなんかも出してやった。

ピクシードラゴンは、やはり普通に食器を使いながら食事する。

驚きながらも果物のジュースやブルーカウのミルクが入った瓶と、コップを出す。

すると、飲み物もしっかりコップに注いだ上で飲んでいるではないか。

中に人間が入っている着ぐるみ？

もちろんそんなことはないはずだが、そう思ってしまうくらい人間みたいな奴だ。

結局、三回も唐揚げをお代わりして、ピクシードラゴンはやっと満足した。

ただ、お目当てのデザートは別腹らしい。

食事が終わったのを見計らってプリンを出してやると、あっという間に平らげ、お代わりをしてきた。

結局それも一回では終わらず……結局お代わりの回数は五回。

しかも、ピクシードラゴンはそれでもまだ食べることをやめない。

リビングに移動してポテトチップスを出してやると、ピクシードラゴンはソファに座り、嬉しそうにつまみ始めた。

驚くべき食欲だな……。

第3話　苦渋の決断

折角なのでピクシードラゴンに色々と話を聞きたい。
勇者のこともだし、なぜプリンを知っているのかも気になる。
どう切り出そうか悩みつつ、ピクシードラゴンの横に腰を下ろすと――
『ねえ、あなた。名前は？』
俺が質問するよりも先に質問してきた。
言われてみれば、お互い名乗っていなかったな。
『俺はテンマだ』
『テンマか、ふ～ん』
ふ～んて！　普通人に名前を聞いたら、その後に自分も名前を名乗るものだろうがぁ！
絶句する俺を前に、ピクシードラゴンは質問してくる。

『ねえテンマ、最近の人族はプリンとかポテトチップスとかを、普通に食べているの？』

え、マジで名乗らない感じ？

そう思って固まる俺に対して、ピクシードラゴンは苛ついたように言う。

『ねえ、質問してるでしょ。答えなさいよ！』

『なあ、相手に名前を聞いといて、自分は名乗らないのか？』

『えっ』

ピクシードラゴンは、固まった。

俺は重ねて問う。

『名前のない種族なのか？　それとも名乗れない理由でもあるのか？』

『あっ！』

『俺は約束を守ったし、木を切ったことはチャラだろ？　これから用事もあるし、相手に名前を聞いておいて自分は名乗らないで怒鳴るような失礼な奴に割く時間なんてないんだ。もう帰ってくれ！』

そう言ってから立ち上がると、ピクシードラゴンが服の裾を掴んでくる。

『ハルでしゅ』

えっ、ハルデシュさん？　まさか噛んだ⁉

俺はニヤニヤしながら聞き返す。

『ハルデシュさんですか、ハルさんですか？』

体が濃いピンク色になった。

照れてる？　怒ってる？

そう思って返答を待っていると、ピクシードラゴンは勢い込んで言う。

『ハルよ！　名乗るのが久し振りだったから、噛んじゃっただけじゃない！』

怒っているようなセリフだが、声に照れが見えるな。

俺はニヤニヤしながらそう分析しつつ、右手を差し出す。

『よろしくな、ハル』

するとピクシードラゴン――もといハルの体が、少し赤みがかる。

『ちょっ、ちょっとぉ、年上のレディーに向かって呼び捨ては失礼よ！』

『う～ん、確かに三千歳以上年上の相手だから失礼なのかな？　でも種族も違うし、可愛らしいから呼び捨ての方が――』

ハルは、少し嬉しそうに体を揺らす。

『可愛らしいって……てか、なんで歳を知っているのよ！』

『いや、鑑定で分かるでしょ』

『勝手にレディーの秘密を見たのね！　ま、まさか、スリーサイズまで!?』

ええええっ、鑑定でスリーサイズ分かるの？　……いや、そんなわけあるかぁ！

『それはさすがにネタだよね？　スリーサイズは鑑定で分からないし』

『スリーサイズっていう概念を知っているってことは……あなた転生者ね！』

びしっとポーズを決めつつ指差してきたけど、別に隠していないんだよな。

『うん、転生者だけど……』

あっさり認めると、呆れたようにハルが溜息を吐く。

『そこは「なんで分かったんですか⁉」とか、「バレてしまったら仕方がない！」とか、お決まりのセリフを返すところじゃないの？』

そんなこと言われても……。

想像以上に面倒臭い奴だ。

そう思っていると、ハルが半眼を向けてくる。

『今、面倒臭い奴だと思ったでしょ？』

『思っているけど……？』

『私の扱いが酷い！　転生者に会ったのは久しぶりなのよ！　もう少し優しくしてくれてもいいじゃないの！』

おお、ピクシードラゴンも頬を膨らませることが出来るんだな。

そう感心はするが、地球由来の面倒臭い反応に付き合うのにも段々疲れてきた。

まぁ、どうしてもハルに話を聞きたくなったらまた会いに来ればいいし、今日は帰ってもらうか。

『う～ん、色々聞きたいことはあるけど、これからやらなければならないこともあるし、また今度ゆっくり森に遊びに来るよ』

『それなら、しばらくはあなたについていってあげるわ。色々教えてあげるから、三食昼寝付きで手を打って——』

俺はハルの言葉を遮るように、勢いよく頭を下げる。

『ごめん！　無理！』

ただでさえ俺は今、家に居場所がないのだ。

もうこれ以上、厄介者を抱えたくない！

そんなわけでお断りさせていただこうと思ったのだが、ハルは不機嫌そうだ。

『少しくらい考えてくれてもいいじゃない！』

プリプリ怒るハルを少し可愛いと思ってしまうが、それはダメだ。

なぜなら——

『希少なピクシードラゴンを連れて、町に戻れるわけないだろ？』

『ふふふっ、それは問題ないわよ。これでどうかしら？』

ハルは腰に手を当てポーズを決めている。

え、何も変わっていないけど？

俺は首を傾げてハルに聞く。

『え～と、それは何をしているのかな？』

ハルは、驚きの表情を浮かべる。

『わ、私のこと見えてるの？　嘘でしょ!?』

『えっ、見えているけど……？』

俺の言葉を聞いて、ハルはソファに突っ伏して、小さな拳を叩きつける。

『わ、私の姿隠しスキルが看破されるなんて……』

あぁ、鑑定したときに、そんなスキル名が書いてあったな。

『ピクシー』という名が付くぐらいだから、そういったスキルを持っていても不思議じゃないか。

俺には効果がなかったわけだが。

ソファでうな垂れているハルの肩に手を置いて、励ましてやる。

『気にするな。俺はレベルが高いから効かなかっただけだよ』

『そ、そうよね。あんた転生者だもんね。仕方ないわよね！　タケル達にも私のスキルは通じなかったし』

ハルはそこで言葉を切り、仕切り直すように咳払いして、言う。

『そんなわけで、私は姿隠しスキルを持っているから、転生者以外には気付かれないわ。一緒についていっても問題ないはずよ』

『ごめんなさい！』

『がーん！』

いま普通に『がーん！』って言った？　地球にもそんな奴いねぇよ。

『なんでよ～？』

食い下がってくるハルに、俺は後ずさりしながら答える。

『ハルとは、たまーーーに会うぐらいが、ちょうど良いかな』

するとハルは突然俺に突進し、抱きついてきた。

そして俺の胸に顔を擦り付けながら訴えてくる。

『なんでも教えてあげるしなんでもするから、一日一回プリンを食べさせてほしいの！　テンマー！　お願いよぉぉぉぉぉ!!』

今気付いたが、ハルはドロテアさんに似ている。

危険な臭いがプンプンだ。

それに……ハルは絶妙に大きすぎて、可愛くない！

たまに仕草(しぐさ)が可愛いと思いそうになるが、それは幻想だ！

というわけで、もう関わるのはやめよう。

『じゃあ素材採取があるので、俺は行くよ。ハルも元気でね』

『チッ』

ハルは舌打ちして、胸元から離れた。

演技だったのか……。
『仕方ないわね。でも、たまには遊びに来なさいよ！』
はい、用事があるとき以外は来ません。
心の中で、そう返事をする俺だった。

ハルと一緒にルームを出た。
すると、ハルは優しい口調で言う。
『気を付けて帰りなさいよ。帰りに怪我したり死んだりしたら嫌だからね』
心底心配しているふうだが、先ほどの舌打ちを忘れる俺ではない。
どうせ好感度を稼いで、プリンを作ってもらおうって腹だろう。
……っていうか死ぬとか縁起の悪いことを言うんじゃない！
『ハルも元気でな。体には気を付けてくれよ』
ふふふっ、俺も少しずつ成長しているなぁ。
気持ちとは裏腹に、慈愛の表情を自然に出せた。

こうして俺はハルと別れた。
ようやく一人になれたので、フライでロンダに戻るついでに素材を探す。

少しして、グレートボアを三頭発見した。

『グレートボアを使えば、極上のとんかつが作れると思うわよ』

『そうだなぁ、三頭も狩れれば、しばらくはボア肉に困らない』

……ってちょっと待て。

なぜハルは俺の隣で、涎を垂らしている。

『ハルさんや』

『何かな？　テンマさんや』

『なぜ一緒にいるのかな？』

『念話で意思疎通出来るし、プリンも作れる。そんな相手を逃すなんて、あり得ないでしょ』

ハルは得意気な顔でそう言ってのけた。

俺は半眼を向ける。

『プリンは作れるけど、ハルに食べさせる理由はないよね？』

『それがあるのよ。私はカカオやコーヒー、そしてバニラを収穫出来る場所を知っているのよ。あ、それに胡椒などの香辛料もね。それ以外にも、テンマが欲しがりそうな食材がある場所に関する知識だって持っていると思うわ。たぶんテンマがイチから見つけようとしたら、何年もかかるでしょうね』

思わず黙ってしまう。

そ、その情報は欲しいなぁ〜！

たぶん、勇者と一緒に見つけ出した食材に関する情報なのだろう。

ラインナップを聞くに、彼はきっと俺と同じ世界か、似た世界から来たんだろうな。

俺は交渉に入る。

『……プリンを毎日食べさせるのは無理だ。五日に一回が妥当だろう』

『さすがにそれじゃあ少なすぎるわよ。そうね……最低でも、二日に一回は出してちょうだい』

『じゃあプリンは五日に一回出す。それに加えて五日に一回、他のデザートも出すっていうのはどうだ？』

『うーん、四日に一回プリンと、別のデザート一種ならいいわ。どう？』

『……仕方ない。それで手を打とう』

『交渉成立ね』

こうして、俺はハルと行動をともにすることになった。

ドロテアさんが二人になるようなものなので苦渋の決断ではあったが、食材の情報はそれ以上に大切だ。

そう自分を納得させつつグレートボアを狩り、俺はハルと一緒に町に向かうのだった。

第4話　ダンジョン

町へと飛んでいる途中で、少し離れた場所に岩塩が採取出来る場所があるとハルが言い出した。

岩塩は、この世界では貴重。折角だから採取することにした。

それにもう日は暮れかかっているし、今日中に町に戻るのは難しいだろう。

俺はジジに文字念話でそのことを伝える。

本来この世界において念話は一般的な魔術ではないが、俺は近しい人や、お世話になっている人に念話や収納などあらゆる便利な機能を付与したアクセサリーを渡している。

それを使えば、離れた場所にいても意思疎通が出来るのだ。

文字念話を送ってすぐに、ジジから念話がかかってきた。

『テンマ様、帰ってこないのですか？』

『ああ、もう少し採取を続けたいから、今日はルームに泊まろうと考えているんだ。戻るのは明日の昼頃になる予定だよ』

すると、ジジは不安そうな声で言う。

『本当に、本当ですよね!?　まさかどこでも自宅に人が増えたから戻ってこないとかではないですよね？』

どういうことだ？

アルベルトさんに、邸宅を作る計画についてジジ達にも伝えるようにお願いしたはずだ。

俺は少し不審に思いつつも、答える。

『そういうことではないよ。本当に採取が忙しいんだ』

そんなタイミングで、ハルの声が割り込んでくる。

『ちょっとぉ～、岩塩があるのはこの辺りよ』

『ごめん。忙しいからまた連絡するよ』

そう告げて、俺はジジとの念話を終えた。

採取中に念話がかかってきたら集中出来ないので、文字念話（チャット）は受け取るが、念話を受けつけない設定にして、と。

「キュウ、キュッキュッキュッ、キューウ！」

突然ハルが変な鳴き声を上げて体当たりをしてきた。

なぜ念話を使わない!?

……あっ！　念話を受け付けなくしたから、ハルの言葉も届かなくなってしまったのか。

慌ててハル以外の念話だけを拒否する設定に変更する。

すると、ハルの怒鳴り声が頭の中に響く。

『ちょっと、どういうつもりなの⁉　人が話しかけているのに無視するなんて！』

『ごめん、ごめん。念話を受け付けないように設定してしまったんだ。ハルの念話は聞こえるようにしたから、もう大丈夫だよ』

『あんたの念話は、そんなことも出来るのね。それより、岩塩の採掘場所を通過しちゃったわよ』

元来た方向に少し戻ると、岩山が見えた。

ハルが言うにはそこが岩塩の採掘場らしい。

ただ周りも暗くなってきたので、採取は明日の朝にするか。

そう思ってルームを開くと、ハルは当然のように俺の肩の上に座った。

普通に邪魔だし、背中を尻尾でペチペチと叩くのも鬱陶しいのでやめてほしい。

抗議しようかとも考えたが、今回は岩塩の採掘場所を教えてもらったから我慢しよう。

リビングに移動すると、ハルはすぐにソファに座ってリラックスし始める。

『俺は風呂に入ってくるから、ここで大人しくしていてくれ』

そう言って風呂に向かおうとすると、ハルが跳びついてくる。

『お風呂があるの⁉　当然私も入るわ！』

勇者に風呂の良さを教えられたのだろうか？

別に断る理由もないので、ハルとともに風呂へ向かう。

脱衣所で裸になると、なぜかハルが俺の股間を見て、全身を赤くしているのに気付く。

レディーだと言っていたから、性別は女子なのだろう。

でも種族は違うのに、それを気にするのか……？

……っていうか、そんなに露骨に股間を凝視するなよ。恥ずかしいだろ！

『テンマは予想以上に大人なのね……』とか言っているし。

『変なとこ見て、変なことを言うなよ！』

俺は思わずそう言い、股間を隠して浴場へ。すぐさま湯船にダイブした。

湯に浸かりながら、俺は『まさか俺に欲情してないよな？』なんて思いながら警戒する。

しかし、さすがにそれは杞憂だったようだ。

ハルは湯船に入るなり、俺には目もくれず楽しそうに泳ぎ始めた。

とはいえ、念のために聞いておくか。

『なあ、ハルは人族に欲情するのか？』

『ば、馬鹿ねぇ、そ、そんなはずないじゃない！』

声を震わせて言われると、不安になるんですけど!?

とはいえ、いくら俺でも魔物相手に欲情することはあり得ないから、問題はない。

……そうだよな、俺！

十分に風呂を堪能した俺達は、揃って首からタオルを下げ、リビングのソファにぐでっと座っていた。

するとふとハルが言う。

『トンカツが食べたいわ』

俺も食べたいけど、疲れているので料理したくない。

首を横に振る。

『今日は疲れたから、作り置きで我慢してくれ』

『初めて二人で過ごす夜なのに、そんなのは酷いわ！』

ハルはタオルの端を噛みながら、お姉さん座りで『ヨヨヨ』と泣き真似した。

つくづく現代日本の影響を感じる。ノリは少し古いが。

俺は溜息を吐いて、言う。

『ごめんごめん。だけど、本当に無理だ。だから、夕飯はピザとパスタで簡単に済ませよう。その代わり、アイスクリームを出してやるから。とはいえバニラがないから、ちょっとイマイチかもしれないけどな』

すると、ハルは目を輝かせた。

『えっ、ピザがあるの？　私の大好物じゃない！　でもアイスクリームにバニラは必要ね。バニラならすぐに手に入るわよ。明日にでも一緒に採りに行きましょ。とりあえず今日はそれで我慢してあげるけど！』

『我慢してあげる』と言いながらすごく喜んでいる気がするが、そこは言いっこなしか。

まあ、納得してくれるならそれでいい。

そんなこんなで、早速支度をして夕食を食べ始める。

ハルは本当にピザが好きらしく、一匹で六枚も平らげた。

俺は一人で一枚がやっとだっていうのに、どこにそんな量が入るんだ……。

そんなことを思いつつも、デザートを出してやる。

『ふーん、バニラがないとイマイチね』

そう言いながらも、ハルの食べる手は止まらない。

結局数えきれないほどお代わりして、ようやくスプーンを置くのだった。

ハルの食い物に対する執着は異常だ。

でもこの食べ物に対する欲求を上手く利用すれば、簡単に掌で転がせそうだなーとも思う。

そんなこんなで食事を済ませた俺らは、二人（？）並んで寝るのだった。

翌朝早く目を覚ますと、ハルはまだ眠っていた。うつ伏せで。

仰向けでは尻尾が邪魔になってしまうのかな？

そんなことを考えつつも、俺はハルを起こす。

そして朝食を摂り（当然ハルはめちゃくちゃはしゃいだ上に有り得ない量を食べていた）、岩塩の採取へ向かう。


岩山の上に降り立った俺は、驚く。

昨日見たときには暗かったし遠目だったから分からなかったが、岩山の横には大きな穴が空いており、その周りに塩がところどころ付着しているのだ。

そして中に入り、更に驚く。

中は大きな洞窟のようになっているのだが、内壁がすべて塩に覆われているのだ。

俺は驚きながらも岩塩を一トン単位のブロックに切り出して、収納していく。

三百くらいのブロックを収納した段階で、一旦手を止める。

これだけあれば、一生塩には困らないだろうし、もういいかもしれないな。

それにしても、これだけ岩塩を採取しても、全体のほんの一部でしかないなんて、驚きだ。

そんなことを考えていると、ハルの声が頭の中に響く。

『ねえ、テンマ。もう岩塩の採取は終わった？』

『もう一生分くらい採取したし、終わろうかなと思っていたところだ』

すると、ハルは前のめりになって言う。

『それなら、早くバニラを採りにいきましょ！』

とことん甘い物に目がないな……と思うが、俺もバニラが欲しいので文句は言わない。

そんなわけで岩山を出た俺らは、ハルの先導で次の目的地へ。

地図スキルで確認すると、どうやらロンダの方面に向かって飛んでいるようだ。

俺は首を傾げながら聞く。

『本当にこっちにあるのか？』

『う～ん、前に採取したのはいつだったかしら～？』

どうも怪しくなってきたぞ。

今の速度で飛んでいれば、そろそろロンダに着いてしまうだろう。

もう一度確認しようとしたら、ハルが声を上げた。

『あそこよ！　あの岩の陰にダンジョンがあるのよ』

ダンジョン⁉

ハルが指差したのは、フライを使えばロンダから十分もかからない場所にある岩だった。

とはいえ近くに道はないし、これまで見つかっていなかったのも無理からぬ話か。

『ダンジョンはどれくらいの広さなんだ？』

俺が聞くと、ハルは歯切れ悪く答える。

『え～と、たぶん階層は五もなかったような気がするけど？　だいぶ前に来たからダンジョンも成長しているかもしれないし……入ってみないと分からないわね』

『ここからすぐ先にロンダっていう町があるんだけど、それは知っているかい？』

『えっ……？　前に来たときは近くに町や村なんてなかったと思うわよ』

う～ん、その『前』は百年単位で昔の話かもしれない。

……信用しすぎると危険だな。

第5話　ダンジョンの確認

ハルが指差した岩の近くに降り立った。

岩の右横にダンジョンの入口だと思われる穴が空いているが、草木に覆われていてかなり分かりにくく、案内がなければ気付かなかったろう。

穴の中には階段が続いている。

下ってみると、草原が広がっていた。遠くには森も見える。

研修時代に入ったダンジョンはさほど外と似た環境ではなかったが、ここは一瞬本当にダンジョンかと疑ってしまうほど、自然に溢れているな……。

俺はひとまずハルに聞く。

『バニラはどこにあるんだ？』

『確か一つ階段を下りた先にあったと思うんだけど……このダンジョン、こんなに広かったかしら？』

やっぱりハルが来たのは随分昔らしい。

信用ならないと思いつつも、このダンジョンに連れてきてくれただけで感謝するべきだろう。

まだ周囲を少し見回しただけだが、採取したい植物がたくさんあるのだ。

……昼までにロンダに帰れそうもないな。

昨日念話した際にジジの様子がおかしかったのは気になるが、何せこの世界で初めてダンジョンに入ったのだ。この誘惑に勝てるわけがない！

まぁダンジョンの階層が少なければ、すぐに確認は終わるはずだ。

でも、もし多かったら……。

ひとまず、ジジに戻るのが遅くなると連絡をしよう。

……いや、なんなら来てもらった方が色々と都合がいいか。

彼女なら作り方さえ教えればプリンを作れるだろうし、ハルの面倒も見てくれそうだ。

そして、折角なら従魔のシルバーウルフであるシルも探索に連れていきたいな。

俺は早速ジジと念話出来る設定に変更した上で、連絡する。

『ジジ、今って話せる？』

『テンマ様、なんで返事をくれないんですか⁉　私は見捨てられたかと……グスッ』

涙声だった。

え～と、なんでそんな勘違いが起きているんだ？

忙しくなるしなーって思って念話を切って……そういえば文字念話すら確認していなかった。

もしかするとその間にジジがたくさん連絡をくれていて、期せずして無視したような形になってしまった……とか？

『ごめん、忙しいからしばらくは手を離せないと伝えていたつもりだったんだけど、言葉が足りなかったね。ともかく、今話は出来るかな？』

『す、すみません！　喜んでお話しします！』

……ジジのテンションが、なんだか変だ。

まぁいい。用件を伝えよう。

『もしかしたら、もう少し戻るのが遅くなるかも――』

『なんでですか！　やっぱり怒ってます⁉』

これでは会話にならん！

俺は諭すように言う。

『ジジ、落ち着いて話を聞いてくれ。それとも少しあとで連絡し直した方がいい？』

『ま、待ってください！　お話を聞きます！』

『分かった。それじゃあ、他の人には秘密にしてほしいんだけど……ダンジョンを見つけたんだ』

『ダ、ダンジョン！』

『それで、これからダンジョンの調査をしたいんだ。さすがにダンジョン探索以外のことをする気力がなくなってしまいそうな気がするから、ジジに身の回りの世話をお願いしたくて……出来ればこっちに来てほしいんだが、どうだろう？』

『よ、喜んで！　グスッ』

ネガティブな考え方を治してもらわないと、いつか大変なことになりそうだ。

まあ母が病死し、父親が叔父に殺され、その上で娼館で働かされそうになったという彼女の過去を考えると、仕方ないとは思うけど。

とはいえ、ひとまずジジが来てくれるのはありがたい。

俺は続けて聞く。

『調査に数日かかる可能性もあるし、シルも……あ、あとピピも連れてきた方がいいかな？』

『分かりました。少しお時間をください！』

そう言ってジジは、念話を切った。

最後の方は明るい声で話してくれていたし、まぁ大丈夫だろう。

さて、連絡が来るまで、ダンジョンの調査を少しだけ始めるか。

まずはダンジョンの一階層の構造を地図スキルで確認する。

想像以上に広いけど……フライを使えば、さほど調査するのは大変ではないだろう。

早速空を飛び始め――すぐに二階層に続く階段を発見した。

棲息（せいそく）している魔物はほとんどがホーンラビットで、ホロホロ鳥などの鳥類とかもいるのか。

そこまでを確認したところで、ジジから念話がかかってくる。

『テンマ様、準備が出来ました！』

『分かった！　ロンダの町の門で落ち合おう』

ハルに仲間を迎えに行くと伝えると、『ルームで待っているからポテトチップスをくれ』とのこと。

俺はハルをルームに入れ、ポテトチップスを渡してダンジョンを出る。


門に着いて五分ほどすると、ジジとシルが走ってこちらに向かってきた。

先に走ってきたシルを抱き止め、シルの毛並みを堪能する。

一日半ぶりにシルモフを楽しんでいると、遅れてきたジジがジト目で俺を睨んでくる。

……なぜ睨まれているんだ？

「テンマ様はシルちゃんのことが一番好きなんですね！」

そう言うジジは、不機嫌そうだ。

シルは確かに大好きだけど……『一番』って何と比べているんだ？

戸惑いながらも、俺は話題を変えることにする。

「そ、それよりピピは？」

「ピピはミーシャさんと一緒に訓練したいって言っていました。最近はミーシャさんと訓練ばかりしているんです。食事の作り置きを十日分、ミーシャさんに渡してきたので、問題ありません」

ピピも姉離れを始めたのかぁ。

成長を感じて、思わず少しほっこりしてしまう。

「……なるほど、分かったよ。細かい話は移動してからにしよう」


それから俺らは人目に付かない場所まで移動してルームを開き、手を繋いで中に入る。

ジジは久しぶりに手を繋ぐのが気恥ずかしかったのか、頬を赤くしていた。

なんだか俺も少し照れくさくなってしまう。

そしてリビングに入ると……ハルがソファに寝転がって、尻尾をポリポリと掻いていた。

ジジはそれを見て、固まってしまった。

そういえばハルのことを説明し損ねていたのを思い出す。

『ハル、レディーが寝転がって尻尾をポリポリするのはどうなんだ？』

俺がそう言うと、ハルは緩慢な動きで振り返る。

そして、ジジやシルが一緒にいるのに気が付くと、体をピンクに染めつつ姿勢を正してソファに座り直した。

『お、お客が来るなら、来ると言ってちょうだい』

いやいや、仲間を迎えに行くって言ったよね？

たぶんポテトチップスに気を取られて、聞いていなかったな。

俺は内心呆れながらも、ジジにハルを紹介する。

「彼女はピクシードラゴンのハル。昨日知り合ったんだ」

「えっ、ピクシードラゴンって勇者物語に出てくる伝説の種族ですよね⁉　それに名前まで同じなんて……」

おぉ、やはりピクシードラゴンは有名なんだ……ん？　勇者物語？　名前が同じ？

もしや、ハルは本当に有名人なのか⁉

『あら、彼女は私のことを知っているようじゃない。勇者の話がしっかり伝わっているようで、安心したわ』

ハルはドヤ顔でそう言い放った。

俺はその物語を知らないし、今はダンジョンのことが気になるから無視する。

続いてシルのことも紹介して、しばらくお喋りしながら待っているように一人と二匹に伝えて、一人でルームを出た。

ルームもD研も、入る場合は使用者の近くであればどこでも扉を開けるが（例外的にD研内ではルームを開けないけど）、出るときは入った場所にしか出られない。みんなで移動するのは面倒なので、俺だけがダンジョンへ行き、後でジジ達を呼ぼうという考えだ。

ちなみにD研の扉を開けっ放しにすることは出来るが、同時に二つ以上は開けない。そのため扉をドロテアさんの屋敷に移動させてからは、みんなを混乱させないよう別の場所で開かないようにしている。


ダンジョンの一階層に入ると、再びルームのダイニングに戻る。

俺にいち早く気付いたジジが振り返った。

「ジジ、ハルとは仲良くなれたかい？」

「はいっ！　まさか伝説のハル様とお会い出来るなんて……夢のようです!!」

伝説ねぇ……それにしてはただの食いしん坊キャラとしか思えないんだけど……。

そういえば、普段食事を作ってくれるジジには例の約束について話しておいた方がいいよね。

今の状況はマズいしな。

「そうそう、ハルとは四日に一回ずつプリンと、別のデザートを食べさせる代わりに、貴重な食材の情報を教えてもらうっていう約束をしているんだ。なのに……」

俺はそこで言葉を切り、テーブルの上にいるハルに鋭い視線を送る。

「なんでそこには大量のデザートが並んでいるんだ？」

俺の言葉に、ジジは首を傾げる。

「好きなときにデザートを食べられる約束をしたって、ハル様が……」

ハルが逃げ出そうとしたが、逃げられないよう頭を片手で掴む。

力が入りすぎたのか、ハルの頭からミシミシと音が鳴る。

『ご、ごめんなさい。デザートが食べたくて……ってちょっ、それ以上は死んじゃうわ！　待ってぇぇぇ！』

俺は必死に体をばたつかせるハルに、笑みを向ける。

『いやぁ～、嘘つきにはそれ相応の代価を払ってもらわないとね。伝説のハル様の剥製……高く売れそうだね』

『お、お願いよ～！　先、先払いということで、しばらくはデザートを食べられなくても良い！

それで、それでお願いします！』

『ん～、それじゃあ契約魔法で契約しようか。嘘をついたら剥製としてその体を提供するというのはどうかな？』

『待って！　嘘はレディーの魅力でもあるのよ。お茶目な嘘は許してほしいわ』

『……今回は先払いってことで一ヶ月デザートなしにするだけで許すけど、二度目はないよ』

そう言ってハルの頭から手を離すと、彼女は土下座してきた。

『もう絶対に嘘をつきません！　ジジちゃんが簡単に信じてくれるから、つい嘘をついちゃっただけなのよ！』

俺は、目を潤ませているジジに言う。

「ジジ、信じるのは悪いことじゃないよ。でも簡単に信じると、こうやって搾取されてしまうこともあるんだ。悲しいことだが、何を信じるべきかはよく考えてほしい」

「はい……まさか伝説のハル様に騙されるとは思いませんでした。そうですよね……やはり信じるだけではダメですね。良く分かりました！」

どこか決心したように言うジジを見て、複雑な気持ちになる俺だった。

第6話　ジジの混乱

テンマ様から念話がきた日の朝。

私、ジジがどこでも自宅のキッチンで朝食を作っていると、テンマ様がキッチンに顔を出した。

「ジジ、おはよう」

「テンマ様、おはようございます」

料理を任されてからも、テンマ様は必ず朝食の準備をしていると顔を出してくれる。

今日は確かアルベルトさん、バロールさん、ザンベルトさんにお話があって、朝早くに家を出るとおっしゃっていたのに、それでもこうして来てくれたのだという事実に、心が躍る。

この時間は私にとって貴重で、嬉しいものだ。

テンマ様はことあるごとに私のことを家族だと言ってくれて、最近ではどこでも自宅の管理まで任せてくれている。

ただ来客対応に関しては経験がないし、どうしたらいいか分からない。

だから一歳年下だけど貴族令嬢のアーリンさんに色々と手伝ってもらっている……というより丸投げ状態だ。

国の英雄であるドロテア様や領主様の奥様なんて、孤児院にいるときには関わる可能性すら考えられないくらい別の世界の住民って感じだったし。

私が気がかりなのは、それだけじゃない。

最近、テンマ様の元気がないように見える。

他の人が起きてくるよりも早くキッチンで朝食を済ませ、どこかに出かけてしまうし。

今日も朝食の準備を見に来て、私と少しだけ会話をしたら、どこでも自宅を出ていってしまった。

私は意を決して、朝食のときに皆さんに話を聞いてみることにした。

「最近テンマ様は元気がないと思うのですが、皆様は何か知っていますか？」

「そういえば元気がない気がするのじゃ。それに朝早くに家を出て、夜遅くにならないと帰ってこないのう」

やはりドロテア様も、テンマ様の様子がおかしいことに気付いているみたいだ。

続いてミーシャさんが口を開いた。

「夜の訓練には毎晩来るし、これまでと変わらず容赦(ようしゃ)ない」

うーん……彼女は訓練以外に興味がないみたいだから、あまり参考にはならないなぁ。

すると、アーリンさんが言う。

「もしかしたら、大伯母様が夜這(よば)いをかけたことに怒ってらっしゃるのでは？」

「テンマはあれくらいで怒ったりしないのじゃ。私が魔法を使っても、まるで赤子の手を捻(ひね)るように簡単にあしらわれてしまう。あやつはお遊びぐらいにしか思っていないはずなのじゃ」

確かにドロテア様の言う通り、夜這いに関して気にしてないといつかの朝食の準備のときに笑っておっしゃっていた気がする
それではなぜ、テンマ様は元気がないのだろう？

結局明確な解答を得られぬまま、朝食は終わった。

テンマ様のことは気になるけど、それで生活が疎かになってしまえば、元も子もない。

朝食の片付けをして、いつも通りに訓練に向かう。

アーリンさんは用事があるらしく外出しているので、訓練をするのは私とミーシャさんとピピの三人。

早速メニューをこなすけど……今のメンバーの中で一番長くテンマ様と一緒にいたミーシャさんには、正直敵わない。

どころか、最近ではピピにすら体力的に負けてしまうから、情けないな。

でもテンマ様は『ジジは料理や錬金術の才能があるから、気にする必要はない』といつも言ってくれる。

とはいえ、何においても体力は大事だ。

テンマ様に失望されないよう、一生懸命に訓練しなきゃ。

訓練を終え、洗濯やら掃除やらをしていると、あっという間に夕方だ。

そろそろ夕食の支度をしようかなーなんて考えていると、ドロテア様が帰ってきた。

しかし、いつものような元気はない。

「話があるから、リビングで待っていてほしいのじゃ」とだけ言い残して、去っていってしまった。

恐らく、他のメンバーにも声をかけにいったのだろう。

少しだけ残っていた片付けを済ませ、リビングに向かう。

すると、もうすでにみんな席に着いていた。

アルベルト様の奥様でアーリンさんの母親であるソフィア夫人や、ザンベルト様の奥様であるセリア夫人、バロール様の奥様であるナール夫人までいる。

てっきり私とピピ、ミーシャさん、アーリンさんに話があるのかと思っていたから、少し驚く。

全員揃ったのを見て、ドロテアさんが切り出す。

「ジジ、テンマから私の屋敷のメイドや、ここにいる者達のどこでも自宅の利用についてどのように聞いておる？」

私は、どうして今その話題を出すのだろうと不思議に思いながらも答える。

「アーリンさんから、セリア様の契約魔法で契約を結べば、メイドさん達や奥様達もどこでも自宅を利用してよいとテンマ様がおっしゃっていたと聞いています」

アーリンさんに視線を向けると、彼女は大きく頷いた。

「間違いありませんわ。秘密を守る守秘契約をしていれば、どこでも自宅に人を招いて構わないと、テンマ様が許可してくださいました」

自信満々に答えるアーリンさんを見て、ホッとする。

一瞬彼女がテンマ様の許可をもらっていないのかと心配になったけど、そういうわけではなかったらしい。

しかし、ドロテア様は渋い顔で大きく溜息を吐いた。

「だからといって、ずっと滞在させ続けるのは、少し配慮がないのではないかの？　それに、メイドまで呼んでしまっているのは、やりすぎだったと思うのじゃ。加えてソフィア達はテンマに挨拶しにいってすらいなかったじゃろ？」

すると、アーリンさんはむっとした顔で言う。

「ま、待ってくださいませ！　お母様達を水遊びに誘おうと言い出したのは、大伯母様ではありませんか！　メイドも、大伯母様がジジちゃんの負担が大きいと言い出したから呼んだのですわ！」

「わ、私は水遊びに誘っただけなのじゃ！　その後には帰すつもりだったのじゃ！」

確かに、私もその場にいたけど、どちらかというとドロテア様のわがままを通すために、アーリンさんが調整していたような印象を受けた。

奥様達を見ると、苦笑いを浮かべている。

ドロテア様の突発的な行動に振り回されるのは、きっとあるあるなのだ……。

とはいえ、ドロテア様だって別にそのことをこれまで気にしていなかったのに、なんでこのタイミングでそんなことを言い出すのだろう。

そう思っていると、ソフィア夫人が、ドロテア様に尋ねる。

「伯母様、急にそんな話をしたのはなぜですか？」

「昼頃にアルベルト達がギルドに来たのじゃ。テンマがお前達にどこでも自宅を奪われたと、苦情を言ってきたんじゃと！」

少しして、ソフィア夫人がアーリンさんに聞く。

ええぇぇぇぇ！　もしかしてテンマ様の元気がなかったのって、それが原因なの⁉

「もしかして、テンマさんから水遊びの後に滞在する許可をもらっていなかったの？　確か『テンマ様はどれだけ滞在しても許してくださる』って言っていたわよね？」

「……はい。最近のテンマ様は私達に対して色々と寛容だったので、ある程度好き勝手やっても許されるだろうと勝手に判断して、皆さんにそうお伝えしてしまいました」

最初は奥様方も、水遊びだけして帰るつもりだった。でも、それを『帰るのは面倒でしょうし、泊まっていけばいいのではないですか？』と滞在するよう勧めたのはアーリンさんだ。

そして、彼女に頼まれて部屋の割り当てをしたのは私。

あたかも許可を得ているかのような口振りだったから誰も疑わなかったけど、アーリンさんの独断専行だったってことみたい……。

ど、どうしよう！　テンマ様に家の管理を任されたのに……。

そんなふうに内心慌てていると、アーリンさんがぽつりと零す。

「……テンマ様は、許してくださいますでしょうか？」

「う～ん、テンマは少しくらいのことなら許してくれるが……アルベルト達に苦情を言うほど怒っているとなると、なんとも言えぬのじゃ。テンマにとってどこでも自宅という居場所を奪われるのは、許せないことだったのかもしれぬのじゃ」

全部私が悪いんだ……テンマ様は許してくれるだろうか？

ドロテア様の言葉を聞きながら、私は不安で胸が押し潰されそうになっていた。

するとそんなタイミングで、テンマ様から文字念話が送られてきた。

『採取したい物があり、今晩はルームに泊まって明日戻る。皆にも伝えてくれ』

テンマ様、帰ってこないの⁉

私はすぐに念話でテンマ様に連絡する。

『テンマ様、帰ってこないのですか？』

『ああ、もう少し採取を続けたいから、今日はルームに泊まろうと考えているんだ。戻るのは明日の昼頃になる予定だよ』

『本当に、本当ですよね⁉　まさかどこでも自宅に人が増えたから戻ってこないとかではないですよね？』

『そういうことではないよ。本当に採取が忙しいんだ』

それからちょっと変な間が空いて、テンマ様は続ける。

『ごめん。忙しいからまた連絡するよ』

怒っているのか確認をしようとしたけど、テンマ様は念話を終わらせてしまった。

慌てて何度も念話や文字念話を送っても返事がない。

……私がテンマ様の期待を裏切ってしまったからだ！

「ジジ、どうしたのじゃ⁉」

ドロテア様に声を掛けられて、初めて自分が泣いていることに気付いた。

私は返事も出来ず、逃げるように自分の部屋に戻った。

◇　◇　◇　◇

昨日部屋に戻ってから、何度も文字念話でテンマ様に連絡をしたけど、返事はなかった。

テンマ様を怒らせてしまったら、私は追い出されるのだろうか？

一晩中そんなことを考えていたら、目が冴えて一睡も出来なかった。

朝食の準備や訓練……どころか、部屋から出る気にすらならない。

ドロテア様は何度も念話をかけてくれたが、それにすら反応する気力が湧かないのだ。

そんなふうに部屋に閉じ籠っていると、突然テンマ様から念話がきた。

『ジジ、今って話せる？』

『テンマ様、なんで返事をくれないんですか⁉　私は見捨てられたかと……グスッ』

喜びなのか悲しみなのか、理由の分からない涙が溢れてきた。

そして、思わずなぜ帰ってこないのかと責めるようなことを言ってしまった。

でも落ち着いて話を聞いてみると、予想外なことが起こっているのだと判明する。

テンマ様はダンジョンを発見して、その探索で遅くなるとのこと。

それどころか、私に手伝ってほしいって言ってくれた……。

嬉しすぎて、涙が溢れてくる。

『調査に数日かかる可能性もあるし、シルも……あ、あとピピも連れてきた方がいいかな？』

まだ、私を必要としてくれるだけで嬉しい。

『分かりました。少しお時間をください！』

そう返事をすると、急いで訓練しているミーシャさんとピピのところに行く。

テンマ様に呼ばれたから数日留守にすると伝えたけど、二人は訓練したいから待っているとのこと。

私は急いで作り置きの食料をミーシャさんに渡して、テンマ様に準備が出来た旨（むね）を伝える。

D研（どこ）を出て、ドロテア様のお屋敷を出発する際にメイドさん達に声を掛けられたが、テンマ様に呼び出されたとしか言わない。

だって、『みんなには内緒だ』って言われたんだから。

門で再会したテンマ様は、どこか落ち着きがなかった。

でもここ最近のように元気がないというわけではなく、楽しみを前にソワソワしている子供のようだ。

私はそれを見て、胸を撫で下ろす。

そしてテンマ様に連れられてルームへ入ると……伝説のハル様がいる!?

勇者物語は子供の頃に親から寝物語として語ってもらうほど、有名なお話だ。

千年ほど前、世界は悪の化身である魔王により混沌を極めていた。魔王は魔族の国以外に戦争を仕掛け、そこに住まう民を皆殺しにしようとした。そこである国が異世界から勇者や聖女を召喚して、その魔王を討伐させた。

……そんなような話だったはず。

しかもこれは作り話ではなくて、本当にあった話なんだとか。

そんな勇者物語に出てくるキャラクターの中でも、私はいつも勇者達と行動をともにしていたピクシードラゴンのハル様が一番好きだったのだ。

そんな伝説のハル様とお会い出来るなんて……最高に嬉しい。

だから私は腕によりをかけて、ハル様のために料理をした。

だけど、まさかハル様が、私を騙していただなんて……。

なんだか複雑な気持ちになってしまうのだった。

第7話　ダンジョン探索①

　ダンジョン探索の支度を済ませた俺、テンマはグレートボアの肉塊をアイテムボックスから取り出し、ジジに渡す。

「トンカツは前に一緒に作ったから、もう一人で作れるよね？」

「はい、あれから何度か自分一人でも作ってみました。まだ、テンマ様ほど上手に、というのは難しいですが」

　ジジは俺が料理を教えると、あとで必ず一人でも練習をするのだ。

　まだ俺の方が料理スキルが高いのでクオリティに差はあるが、そんな真面目さの甲斐もあって、差は徐々に縮まっている。

　料理スキルの適性はジジの方が高いので、じきに抜かれてしまうだろう。

　俺はそんなふうに考えながら、ジジに言う。

「それじゃあ、晩飯はジジの作ったトンカツを食べたいから、頼むよ」

ジジは目に涙を浮かべながら、嬉しそうに何度も首を縦に振った。

それにしても、だ。

さっき文字念話の履歴を見たら、ジジが大量にメッセージを送ってきているのが分かった。

あまりの量に、『ストーカーかよ……』と一瞬引いたが、内容を読むと少し可哀想になる。

自分を責め続けて、謝り続けていたのだ。

……でも、そもそもなんでそんなに大事になっているんだろう？

アルベルトさん達に文句は言ったけど、別邸を作れば解決するはず。

それに彼らが奥様方の行動をもう少し管理してくれれば済む話なのだ。

ジジに責任はないと思うんだけどなぁ。

まぁ、それを考えるのは戻ってからでいいか。

今はダンジョン探索を進めたい。

さて、そろそろ出発するか。

「ジジ、俺はそろそろ出発するけど、そこで涎を垂らしている伝説のピクシードラゴン様に注意しろよ。もうさっきの反省を忘れて摘まみ食いしそうだぞ！」

『ちょっ、ちょっとぉ～そんな意地汚いことしないわよ！』

涎を拭きながら動揺しまくるお前を、信じられるわけないだろ！

「テンマ様、ご安心ください。たとえ伝説のハル様だとしても、私が作った料理を最初に食べるのはテンマ様です。それを邪魔するというのであれば……、ふふっ、覚悟してもらいますよ」

ジジの闇の部分が顔を出している……もしかしてジジを怒らせると洒落にならないのかも……。

ハルも同様の危機感を抱いたのだろう、体をビクッと震わせている。

よし、ハルの調教はジジに任せていれば大丈夫だろう。

俺はシルを連れてダンジョンの探索に向かうのだった。


「やったー！　バニラを見つけたぞ！」

結局、バニラを見つけたのはダンジョンの五階層だった。

植物素材の採取を進めながら、五階層まで来たのだが、めちゃくちゃ楽しい。

ハーブや調味料、野菜に果物まで、豊富に揃っているのだ。

これまでに見たことのない種類の物まであった。

それに、外にある物より、素材の状態も良いのだ。

このダンジョンは、食材の宝石箱やぁ～！

ちなみに、遭遇した魔物はフォレストウルフやフォレストボアといった弱い種がほとんど。五階層になってやっとフォレストベアが出たが、それすら楽勝だった。

しかし、通常の森の魔物はシルを見ると怯えて逃げていくのだが、ここの魔物は普通に襲ってきたので、驚いた。

シルはそれが楽しいのか、嬉々として魔物を倒していたが。

ちょうどシルが全身を血で濡らしながら、嬉しそうに戻ってくる。

首輪を触って中に収納されている物を見ると、大量の魔物の素材があった。

シルが念話で言う。

『ぼく、がんばったの！　ちょーたのしかったのぉ～』

尻尾を振るたびに血が飛び散るので、クリアの魔法でシルを綺麗にする。

『よく頑張ったぞ！　シルは強いなぁ～』

シルの全身をモフりながら褒めてやると、更に嬉しそうに尻尾を振りまくる。

その場で押し倒してシルモフを堪能したい衝動に駆られたが、シルのお腹が盛大に鳴ったことで正気に戻る。

うん、ルームに戻って晩飯にするか。


ルームを開くと、ジジとハルが俺を迎えてくれた。

ジジは分かるけど、ハルまで？

首を傾げる俺に、ジジが言う。

「テンマ様、お仕事お疲れ様です。お風呂にしますか？　食事にされますか？」

お、男の夢がここにある!!

優しく迎えてくれる奥さ……ゲフンゲフン……ジジに食事と風呂の順番を聞かれるという幸せ……。

ヘッ、ヘッ、ヘッ、その前にお前を――なんて愚かな方向に妄想してしまいかけたタイミングで、ハルが言う。

『ちょっと～気持ち悪い顔しないで！　変な妄想でもしてるんでしょ。そんなことよりお腹空いたし、早くご飯食べようよぉ～』

わがままで出来の悪い娘が、夫婦の楽しい会話を台無しにした！

慌てて両手で顔を覆う。

ダメだ！　ダメだ！　ダメだ！　顔に出しちゃダメだ！

俺がそう念じていると、ジジが怖い笑みを浮かべてハルに言う。

『ハル様、いくら伝説のハル様でも、テンマ様に失礼なことを言うと晩御飯を抜きますよ？』

『ま、持ってちょうだい。テンマと仲良くするための、お茶目なやり取りよ！』

あれれ、いつの間にかジジとハルの立場が逆転している？

まぁ、そんなことより――

「ジジ、そんな食い意地ドラゴンは放っといて、晩飯を食べよう。さっきからシルのお腹が鳴りまくっているんだ」

「分かりました。トンカツをたくさん作りましたので、お腹いっぱい食べてください」

ダイニングに移動すると、ジジが野菜やスープ、パンをテーブルに並べてくれる。

最後にトンカツを置くと、ジジも席に着く。

「まずはテンマ様が食べてください」

ジジに言われて、切り分けられたトンカツを一切れ口に放る。

……に、肉汁のナイアガラやぁぁぁ！

衣はサクッと揚がっており、歯を突き立てると、肉汁が溢れてくる。噛めば噛むほど肉の旨味を感じられるのだ。

やはり上位種の魔物なだけあって、グレートボアの肉は驚くほど美味しい。

しかし、それだけではないだろう。

火の通り具合が絶妙だから、これだけ美味いのだ。

料理の腕、上がったなぁ。

「ジジ、最高だよ。本当に美味しい！　やっぱりジジに来てもらって良かった」

ジジは俺の言葉を聞いて、目を潤ませる。

そして涙を拭いながら、シルにも食べるように促す。

「シルちゃんも食べなさい」

シルの前に置かれた皿には、トンカツが何枚も盛りつけられていた。

それなのに、ちゃんと待てをしていたのだ。

食いしん坊なのに、目の前のトンカツを食べるのをよく我慢していたなぁ。

シルはトンカツにかぶりつき、ハフハフしながら食べる。

尻尾がぶんぶんなので、気に入ったのだろう。

ジジも自分のトンカツを一切れ箸で掴んで食べると、頬に手を当て目を細める。

「お肉がすごくジューシーで美味しいです！」

幸せそうに食べるジジも可愛いなぁ。

するとハルが突然テーブルに上がり、土下座スタイルで懇願（こんがん）してくる。

『ジジちゃん、お願いだから許してちょうだい。二度とジジちゃんを騙すようなことはしません！』

よく見ると、ハルの前にはサラダしか用意されていない。

どういうことだろうと思っていると、ジジが聞いてくる。

「テンマ様、どうしましょうか？　テンマ様とシルちゃんがお仕事しているのに、ソファでゴロゴロしていたハル様にも、トンカツを食べさせます？」

なるほど……。

働かざる者食うべからず、という言葉もあるし、それにさっきジジを騙したばかりだもんな。

っていうか、あのときデザート食べてたし。

だが……。

「ダンジョンのことを教えてくれたのはハルだし、ご褒美（ほうび）として食べさせてあげようか」

『テ、テンマ……！　アンタ、優しいじゃない!!』

ハルは目をウルウルさせて、俺を見つめている。

「テンマ様は優しいですね」

ジジは笑顔でそう言い、ハルの前にトンカツを用意した。

するとハルは、それを嬉しそうな顔でガツガツと食べ始める。

食いしん坊のシルとハルの面倒は、ジジにお願いしておけば、大丈夫そうだな。

第8話　女子達の決意

ジジがテンマと合流していたそのとき、ドロテアの屋敷にいたソフィアに、メイド達からある報告が上がった。

「ジジちゃんがテンマ様に呼び出されて出かけた!?　どこへ？」

ソフィアはメイド達に聞き返すが、彼女達は詳しい話を聞いていないため答えられない。

痺(しび)れを切らしたソフィアは、訓練中のミーシャに事情を聞こうと、D研(どこ)の出入り口のある部屋へと向かう。

しかし、入口のある部屋の扉は押しても引いても開かない。

この部屋にはテンマが魔法で仕掛けを施しており、彼か、D研の中にいる人間が許可した人間しか中に入れないようになっている。

その部屋に入れないということは、D研に入る権利を奪われたも同然――そう考えたソフィアは、慌てて言う。

「アーリンを呼んできなさい！」


アーリンは現在、ミーシャ達との訓練に参加しておらず、実家にいる。

彼女はテンマを怒らせたのは自分だと思い込み、自室に引き籠っているのだ。

メイドが部屋の外から自分を呼ぶ声を聞き、アーリンは布団を被った。

しかし「D研に入れなくなってしまったのです」という声を聞くと、すぐさま部屋を出て、ドロテアの屋敷へと行き、ソフィアの待つ、部屋の前へ。

そして部屋に入ろうとノブを捻るが――

「う、嘘……」

アーリンは愕然とした。

母親達ならともかく、テンマの生徒である自分までD研に入れなくなると思っていなかったのだ。

ああ、本当に私はとんでもないことをしでかしてしまったんだ――そう思ったアーリンは、泣きながら、走って自分の家に戻るのだった。

そんな背中を見たソフィアは混乱しながら、ドロテアに『緊急の用件だ』と前置きした文字念話（チャット）を送ることしか出来なかった。

もっともことの真相は、ジジのうっかりだ。

もう部外者はD研（どこ）に入れない方がよいだろうと入室許可を設定し直した彼女が、アーリンの認証を外してしまっただけである。

◇　◇　◇　◇

ドロテアが屋敷に戻ったのは、すでに辺りが暗くなってからだった。

彼女がギルマスをする魔術ギルドには、テンマが公開した技術に関する問い合わせや依頼が国中から殺到（さっとう）している。

その上、貴族の使いも直接訪問してくるので、ここ最近は常にてんやわんやなのだ。

ドロテアはソフィアからの連絡には気付いたものの、内容を見るに今更急いだところでどうしようもないと判断し、仕事を優先したのである。

ドロテアが屋敷に入ると、中はお通夜（つや）かと思うほどに重苦しい雰囲気（ふんいき）に満ちていた。

リビングに入ると、ソフィアと、彼女が呼んだセリアやナールがソファに座っている。

ソフィアはドロテアに気付くと、憔悴した表情で訴える。

「緊急の連絡を差し上げたのに、ご返事がないので何かあったかと心配しておりました！」

「何が緊急じゃ！　もうすでに手遅れなのじゃから、今更騒ぎ立てても意味があるまい！」

「「「て、手遅れっ⁉」」」

ソフィア、セリア、ナールは揃って声を上げた。

彼女達の顔色は真っ青だ。

ドロテアは続ける。

「アーリンも悪いが……お前達もテンマに挨拶と確認をしなかったのじゃろ？」

「「「……」」」

三人は押し黙る。

彼女達はアーリンの言うことを鵜呑みにして、テンマに確認することなく厚意に甘えていたのだ。

少しして、ソフィアが口を開く。

「テンマさんはお優しい方です。実はそれほど怒っていないということは考えられませんか？」

「テンマは優しくはないのじゃ。私だってテンマに罰を喰らい、毎日仕事に追われておるのじゃから……」

「ですが、高価な魔道具をアーリンに貸し与え、我々にも食材などを融通してくれるではないですか！」

　セリアはそう必死に訴えるが、ドロテアは首を横に振る。

「それが勘違いなのじゃ。テンマを自分達の基準で考えてはダメじゃ。魔道具はテンマにとっては片手間で作れる程度の物で、食材だってそうじゃ。ホロホロ鳥がいい例じゃ。テンマは散歩がてらに森を歩けば何羽ものホロホロ鳥を狩ることが出来る。それを譲ってもらったからって、優しいとは言えないじゃろう？」

　ナールはそれでも食い下がる。

「で、ですが！　お義姉様の非常識な夜這いに対しても、テンマさんはたいしてお怒りになりませんでした。今回のことも――」

「だからそれが勘違いだと何度も言っておるじゃろう。テンマは私の行いをお遊びとしか考えていないのじゃ。防御したり文句を言ったりはするが、楽しそうではあったし、目の奥が笑っておったのじゃ。ピピが悪戯したのと、同じような扱いじゃな」

　自分を恐れることもなく、幼子をあやすように接してくるのが新鮮で、それを嬉しく感じていることまでは、さすがのドロテアも言わなかった。

　しかし、そんなドロテアの回答に納得することなく、ソフィアが更に質問する。

「それなら今回の一件も、子供の悪戯程度に考えてくれるのではないですか？」

「確かにそうなってくれれば一番じゃが、たぶんそれは難しいじゃろう……かつてはそうでもなかったが、最近のテンマは損得のバランスを見て、相手への態度を考えているような気がするのじゃ。テンマがザンベルトに比較的寛容な態度を見せるのは、あ奴が冒険者ギルドのギルドマスターとして、テンマのためになることをしておるからじゃ。私じゃって、テンマが登録した情報の管理をしているから、ある程度は目を瞑ってもらっているに過ぎないのじゃ」

ドロテアは三人を見回してから、更に続ける。

「お前達はテンマに対して何かしたのか？　テンマの家を好き勝手に利用しても許されるほど何かを与えたのか？　とはいえアーリンだけに罰を受けさせるのは良くはないじゃろう。アーリンはまだ子供じゃし、お主らも、私にも責任はあるのじゃ」

ドロテアは、身震いした。

それを見た三人は絶望的な表情を浮かべる。

「今更あれこれと考えても仕方あるまい。ひとまず今出来るのは、アーリンにしっかり反省させることじゃ。まずアーリンが一番に謝るべきはジジじゃろう。アーリンはジジがテンマの言うことなら疑わないと知っていて嘘を吐いたのじゃ。その上でテンマに対する行いを反省させるのが良いじゃろうな。そしてこれらをしっかり言ってやるのは、ソフィア、お主の役目なのじゃ」

ソフィアはドロテアに言われて、初めて自分の行動を省みる。

彼女はドロテアに何とかしてもらおうとしているだけで、母親としてアーリンを叱ることも、娘の代わりに罰を受ける覚悟もしていなかったことに、ようやく気付いた。

「私は勘違いしていました。母親としてどう行動するべきか、全く理解していなかったようです」

ドロテアはソフィアを見て、優しく言う。

「とにかく私達はアーリンを導きつつ、精一杯テンマの希望に応えるしかあるまい。それと、テンマはお主らの旦那と何やら約束を交わしたらしい。じゃが、それについて追及するのはダメじゃ。無理に聞き出して、テンマの機嫌を損ねたら、それこそ取り返しがつかないからの」

三人は、今度こそ揃って頷いた。

ソフィアは、急いで自分の屋敷に戻るとアーリンの部屋に向かう。

部屋に入ると、ベッドの上にシーツを被ったアーリンがいるのが見える。

ソフィアは、アーリンがしっかりしているとはいってもまだ十五歳（成人もしていない）にも満たない子供だったのだと、母親としてしっかりケアしてあげる必要があるのだと思い至る。

そして、口を開く。

「アーリン、あなたは大きな間違いを犯してしまいました。恐らくテンマさんから何かしら罰を与えられるでしょう。でも、悪いことをしたら、それ相応の罰を受けねばならないのは当然です。真摯（しんし）に受け止めて謝罪をしなくてはなりませんよ」

「……」

アーリンはシーツを被ったまま何も言わない。

しかし、ソフィアは続ける。

「テンマさんなら、それほど酷い罰は与えないでしょう。ただ、誠意を見せなければ絶対に許してくれません」

『絶対に許してくれない』という言葉に、シーツが大きく跳ねた。

「テンマさんの自宅を私物化してしまったのは、よくないことでした。でも、私達もあなたの話を鵜呑みにして、テンマさんに確認しなかったので、同罪です。一緒に罰を受けるつもりです」

そんなソフィアの言葉を聞いて、アーリンは突然シーツを跳ねのけて立ち上がった。

彼女の目は、散々泣いたせいで真っ赤に腫(は)れ上がっていた。

そしてアーリンは、涙を目に溜め、ソフィアに抱きつく。

「いいえ、悪いのは私ですわ。テンマ先生が優しいから、なんでも許してくれると……テンマ先生に、親切で物を渡せば相手が勘違いするからダメだと言った私が、テンマ先生の優しさに付け込んで……わーーーーん、ごめんなしゃーーーーい‼」

ソフィアは泣きじゃくるアーリンの頭を優しく撫でると、諭すように言う。

「そうね、優しさに付け込んだのは、よくないことよ。そして、ジジちゃんに嘘を吐いたことも反省しなくちゃならないわ。彼女とは仲良しなのでしょう？」

アーリンは両眼を大きく見開いてから、ソフィアに抱きついてまた泣き始める。

そして、そのままの体勢で大きく頷いた。

「まずジジに謝りましょう。彼女が許してくれなければ、たぶんテンマさんも許してくれないのではないかしら？」

アーリンはそれを聞いて自分の犯した罪の重さを実感し、更に激しく泣く。

そんな彼女の背中を擦りながら、ソフィアは優しい声で言う。

「あなたは確かに間違いを犯しました。だけど、大事なのはその後。失敗の責任を取ることよ。しっかり反省して、謝りましょうね」

アーリンは、涙を流しながらも何度も頷いた。

その日ソフィアは、アーリンが泣き疲れて眠るまで、彼女の頭を撫で続けたのだった。

第9話　ダンジョン探索②

俺、テンマは、夕食後すぐにシルと風呂に入り、今はソファでゆったりしている。

ジジとハルは今、一緒に風呂に入っている。

このままゆったりしていたい気持ちもあるが……折角だし、今日採取したバニラを調べるか。

キッチンに行き、採取したバニラのさやを収納から取り出す。

鑑定したのでバニラでないわけはないのだが、あの独特の甘い香りがしてこない。

そういえば今手元にあるバニラのさやは黄緑色をしているが、昔ネットで見たのは、濃い茶色か黒っぽい色だった気がする。

もしかして何か加工する必要があるのかな?

前世ではデザートを作る機会がなかったし、よく分からない。

確かバニラエッセンスは、バニラの香りを抽出した香料だってどこかで耳にした気がするが……持ち合わせている知識はその程度だ。

そして、鑑定を使っても加工方法は分からない。

しばらく考えてみたものの、バニラの加工方法が分かるわけもない。

時間があるときに色々試してみようと思い直し、リビングに戻ることにした。

再度ソファに座って数分すると、ハルが風呂から戻ってきた。

なんでハルは、頭と胴体を覆うようにタオルを巻いて出てきたんだろうか。

どういうネタなんだ……。

俺が呆れを込めた視線を送っていると、ハルは頬を赤く染め、バスタオルがしっかりと留まっているか念入りに確認し出す。

いや、邪(よこしま)な気持ちで見ていたわけじゃねぇよ！

思わず、殴(なぐ)りつけたくなる。

しかし次の瞬間、そんな物騒な衝動は霧散した。

モコモコした部屋着を着たジジがやってきたのだ。

やっぱり、か、可愛いな……！

そう思いながら鼻の下を伸ばしていると、ジジは俺の隣に腰を下ろす。

そして、突然頭を下げた。

「改めて、謝らせてください。ごめんなさい！　どこでも自宅の管理を任されていたのに、きちんと役目を果たせませんでした。本当に、本当にごめんなさい！」

ジジはぽろぽろと涙を零す。

なぜそんな勘違いをしているのかが不思議で仕方ないが、ジジが辛い思いをしてしまっているのは確からしい。

俺は、ジジの頭を撫でながら言う。

「ジジは、何も悪いことをしていないよ」

すると彼女は抱きついてきて、しゃくり上げるように泣いてしまう。

俺は優しく頭を撫でてやることしか出来ない。

ふと視線を横にやると……全身をピンクに染めて、俺達のことを見ているハルが視界に入る。

俺と目が合うと、俺だけに念話で話しかけてくる。

『こ、今晩は、ソファで寝るから安心なさい。それとも隣の部屋にいたらマズいかしら？』

……何を言っている？

頬をひくひくさせていると、ハルは続ける。

『しゅ、種族が違うし、人の交尾に興味はないわ。だから……あ、安心して良いわよ』

安心出来るかぁー！　っていうかそういうことかよ！

俺は思わずツッコむ。

『お前は突然何を言い出すんだ⁉』

コイツは話の流れが分かってないのか⁉

抱き合っているが、どう見てもそういう場面ではないだろうが！

そう思っていたのだが、ハルの視線がある一点に注がれていることに気付く。

視線の先は……俺の股間だった。

自分の意思とは関係なく、若い身体が勝手に反応していたらしい。

『だ、大丈夫よ。私も子供ではないのだし、分かっているから……』

先ほどより全身を真っ赤にして、ハルが戯言（ざれごと）を吐いた。

文句を言おうとしたタイミングで……なぜかジジの頭が下降を始めた。

お、おい!?　それはどういう意味!?

ハルが不穏(ふおん)なことを言う。

『そ、そうね。タケルもヘタレで、最後はユウコが強引に……』

待てぇーーーーー!!

慌ててジジを止めようとしたのだが……あれ、どうやら寝ているっぽい？

もしかすると、色々と考えすぎてあまり寝ていなかったのかもしれない。

ハルの誤解を解こうかと思ったが、何を言っても火にバケツで油をぶっかけるようなことにしかならないだろうと結論付け、諦める。

ジジをお姫様抱っこして、寝室に向かうことにした。

寝室に着くと、ベッドに寝かせて布団を掛けてやり、頭をひと撫でして涙の跡を拭いてやる。

もう一度頭を撫でてリビングに戻ろうと振り返ると、出入り口からハルの体が半分覗(のぞ)く。

俺は苦笑いで聞く。

『ハルさんや、なぜ覗いているのかな？』

『将来のために勉強しておこうかと……』

なんの勉強だぁぁぁぁぁ！

結局俺はその後、煩悩(ぼんのう)を振り払うように生産工房で一睡もせずに、バニラの加工に挑戦することになるのだった。

翌朝。

俺はシルとハルを連れて、ダンジョン探索に出発する。

ジジは昼食にカツサンドを持たせてくれた上で、俺達を見送ってくれた。

まぁ昼食は、ルームに戻ってきて食べるんだけどね……。

ただ、弁当を玄関で奥さ……ゲフンゲフン……ジジから受け取ることそのものが楽しかったのでヨシだ。

そんなことがありつつもルームから出た俺らは、まず五階層から六階層に行く階段を下る。

六階層に入ると景色……というか気候が変わった。

真夏というより、亜熱帯にいるかのように高温多湿だ。

植生もそれまでの階層とはまるっきり違っていて、まるで前世のテレビで見たジャングルのようだ。

思わずにやけてしまう。

研修施設内にあったダンジョンにも同じような環境の階層があり、そこに果物がたくさん生っていたのだ。

今いる場所からでも、いくつか果物の実らしき物が見えるしな。

ルーム内の倉庫には大量の果物が保管されているが、食べたいときに食べられない！　となったら嫌なのでミーシャやジジ達にすら食べさせていなかった。

しかし、これで遠慮なく果物を食べられるし、食べさせられる！

それにしても、スイーツを作るための材料がかなり揃ってきた感がある。

昨晩試行錯誤を行った結果、バニラは発酵と乾燥を経て、香りが出るのだと判明した。

前世で嗅いだバニラエッセンスより匂いは薄い気がするが、まぁ贅沢は言うまい。

あと必要なのは砂糖くらいだろう。

こっちの世界ではアマミツの木という木の樹液から砂糖を作ることが出来る。

研修施設内のダンジョンにはあったのだが、こっちに来てからはまだ見つけられていないんだよな。


……っと。そんなことより今は目の前にある果物を採取するのが先だ。

早速近くの木に近づくと……なんとマンゴーが生っているではないか！

すぐに熟した実を風魔法で採取して、皮を剥いて齧り付く。

実はマンゴーは、前世のときからの大好物だったのだ。

独特の香りと甘さが堪らん！

振り返ると、ハルがこちらを不思議そうに見ている。

マンゴーを食べたことがないのか。

皮を剥いてひとつ渡すと、すぐさま齧り付き……あっと言う間に食べきった。

そしてマンゴーの木に飛んでいき、次々と採取しては食べを繰り返す。

どうやら、気に入ったらしい。

シルにも食べさせると、尻尾をぶんぶんと振って喜んでくれた。

ウルフ系の魔物は、なんでも食べるのかな？

それからマンゴーの木を数本見かけたが、俺らは夢中で実を食べつくしてしまった。

折角ならジジ達にも食べさせてやりたいし、在庫も充実させておきたい。

俺は言う。

『マンゴーを見つけたら、すべて確保するぞ。シル、見つけたら教えてくれ！』

『わかった！』

『私も見つけたらすぐに教えるわ！』

ハルは自分で食べてしまいそうで、期待出来そうにないな。

そう思いつつも、俺は真剣な表情で言う。

『助かる。見つけたときの合図は「う〜マンゴー！」だ！』

『う〜マンゴー！　で良いのね』

『ちがーーーう！　「う〜」のときはこうやってお尻をフリフリさせて、「マンゴー！」でお尻をくいっと左上にあげながら、右手を真っ直ぐ上げるんだ！　よし練習するぞ！』

ハルとシルに目で、その動きをやるよう合図する。

『『う〜マンゴー！』』

『違う！　違う！　ハルは尻尾があるんだから、もっと尻尾を激しく振って、最後は尻尾をもっとピンとさせるんだ！　シルも同じだぞ。最後に右脚を上げたのは偉いが、尻尾の使い方がまだまだだな！』

それから一時間ぐらいかけて、無事に三人揃って『う〜マンゴー！』が出来るようになったので、更に奥に進みながらフルーツ狩り……もとい、ダンジョン探索を続けた。

「バナァーナァ！」

「パイナッポー！」

「パッ……ションフルーーーツ!!」

フルーツを見つけるたびに、そんなふうに異様なテンションで騒ぐ俺に、ハルが文句を言ってくる。

『ねぇテンマ、あんたがフルーツを大好きなのは分かったけど、その変なテンションはやめてくれない？　ジジが見たら失望するわよ』

『ぼくもテンマが、こ、こわい……』

シルまで怯えてしまっている。

改めて指摘されると、自分でもなぜこれほどテンションが上がっているのかよく分からない。

最初に大好きなマンゴーを見つけたからなのか、一睡もしないで探索しているからなのか、色々なストレスのせいなのか。

はたまた、男として発散しないといけない物を、違う形で発散させているということなのか……。

『ふう～、すまない。冷静さを失っていたようだ』

俺が謝ると、ハルがニヤッとしながら言う。

『溜まった物は、今晩ジジに発散させてもらったら？』

そういうことを言われるせいで、余計に溜まるんじゃねえかぁーーー！

第10話　ダンジョン探索③

それからも、ダンジョン探索はサクサク進む。

六階層ではハニービーの巣を見つけ、すべてのハニービーを倒して蜂蜜を根こそぎ回収した。

ダンジョンなら時間が経過すれば魔物も素材も復活するはずなので、地上とは違い遠慮する必要はないしな。

七階層には六階層になかった果物が生っていた上に、アマミツの木も生えていた。

それらの採取をしてから改めて階層を調べつくす。

するとワイルドビーを発見したので、こちらも殲滅して蜂蜜を回収する。

そして、洞穴を見つけたので入ってみると、その奥には宝箱があった。

俺はハルに聞く。

『これって、罠は仕掛けられていないよな？』

『そんなこと知らないわよ。開けてみれば分かるんじゃない？』

相変わらず役に立たない、伝説のピクシードラゴンさんである。

警戒しながらも、鑑定をかけてみる。しかし、罠があるとは表示されなかった。

罠が仕掛けられていないのか、鑑定では見抜けないということなのか、分からないな……。

どうしようか迷ったが、今のステータスなら何が起きてもどうにか出来るし、開けてみようと結論付ける。

ゆっくりと宝箱を開けると……中には万能薬が入っていた。

『これって貴重なやつ？』

『ユウコが、万能薬を探したけどなかなか見つからないって言っていたのは覚えているわ』

……でもそれって、かなり昔の話だよね？

やっぱハルって、めちゃくちゃ使えないのでは？

バニラも聞いていたのとは違う階層にあったし……ダンジョンに入ってからの彼女は、役に立っているとは言い難い。

ジト目でハルを見ていたら、ハルが焦ったように言う。

『もしかして、私のことを役立たずだと思ってる!? そ、そんなことないからね！ コーヒーやカカオの情報も欲しいでしょ!?』

……もう少し様子を見てみるか。


八階層にも果物が生っていた。

ここにいる魔物はレッドビー。こいつも殲滅して蜂蜜を回収した。

そして——コーヒー豆を発見。

ハルはコーヒー豆の実物を見たことがなかったらしく、これを使ってコーヒーを淹れるのだと説明すると、焦って知ったかぶりしていた。


『まだカカオがあるから見捨てないで』と言い張るハルを連れて九階層へ。

ここにも果物が生っていたので、抜け目なく採取する。

そして、棲息している魔物はキラービーだった。

どうやらこのダンジョンには、階層ごとに違う種類の蜂系の魔物がいるらしい。

こいつは普通の魔物より強いとされる上位種ではあったが、難なく殲滅。蜂蜜を回収した。

九階層にカカオはなく、ハルはあからさまにホッとしている。


そして十階層に降りてすぐ、カカオを発見した。

ハルは涙目で俺に抱きつき、訴えてくる。

『ほ、他の食材の在り処だって知っているし、それ以外にも色々な知識を持っているわよ。まさか私を利用するだけ利用して、捨てたりしないわよね、ね、ね？』

何も答えず、無表情でハルを見つめる。

ハルは更に動揺し、必死に言い募る。

『わ、分かったわ。辛いけど夜伽をしてあげるわ。見て、このぴちぴちの尻尾を。テンマが望むならなんでもしてあげるわ。だ、だから捨てるなんて言わないでーーーーー!!』

……やはりハルからはドロテア臭がするな。

とはいえ、ここで見捨てるのはさすがに可哀想だ。

ひとまずハルの処遇は棚上げして、十階層の探索を進める。

なんとここにはカカオだけではなく、見たことのない果物——前の世界にもあった果物だけでなく、異世界固有の種——も生っていた。それらを大量に採取する。

その最中にレッドキラービーが襲ってきたので殲滅し、蜂蜜を採取した。

やがて十一階層に降りる階段を見つけたのだが……その手前に宝箱があった。

鑑定すると、毒ガスの罠があると表示される。

罠の有無や種類も、鑑定で確認出来るのだと分かった。

毒について再度鑑定をかけると、すでに耐性を獲得している種類らしい。

というわけで、宝箱を開ける。

なんと中には、霊薬（エリクサー）が入っていた。

霊薬（エリクサー）はさすがに貴重だよね？

っていうか、定期的に宝箱も復活するのだろうか？

まぁ帰りに確認すればいいだけの話か。

とはいえ帰りがけに復活していなくとも、復活に時間がかかっているだけの可能性もあるため、もしそうなったらザンベルトさんに聞いてみよう。

ハルには……聞かなくていいや。

そんなことを考えながら、十一階層に降りると――

「海だーーーーー！」

思わず叫んでしまった。

遠くに広がる青は、どう見ても海に他ならない。

水が塩水なのかは確認していないが、あれが海でないのなら、なんなのだ。

砂浜に降りると、潮風が頬を撫でる。

目を細めていると、『バリバリバリ、ドーーーン！』というすごい音がした。

なんと、水中から巨大なタコの魔物が現れたのだ。

そいつは、俺の前を飛んでいたハルに襲い掛かろうとする。

俺は雷魔法を放つ。

するとタコの魔物は一撃で倒れた。

咄嗟に魔法を撃ったために予想以上の威力が出てしまったようで、海面にタコの魔物だけでなく、大量の魔物が浮いてきてしまった。

それらは、砂浜に打ち上げられていく。

どうやら痺れているだけで、死んではいないみたい。

だけど折角なので、一体ずつ止めを刺して収納していく。

一体、二体、三体……。

四体目に止めを刺そうと喉の部分にナイフを当てたところで、ふと気付く。

あれ？　コイツ、見覚えがある気がするぞ。

視線を上に移すと、そこには目に涙を浮かべているハルの顔があった。

そっか、タコの魔物の近くにいたから感電してしまったのか。

俺は痺れて動けず、口も利けないハルを砂浜に放り投げ、残りの魔物を処理することにした。

研修施設の海には、魔物がいなかった。

この世界に来てやっと海鮮を食べられそうで、テンションが上がる。

砂浜に戻ると、シルが楽しそうに砂浜を走り回っていた。

ハルは痺れも取れたようで、砂浜に座り込み、指で何かを書いている。

近づいてよく見ると、砂浜にのの字を書いているのだと分かった。

『ハル、どうしたんだ？』

俺が聞いても、ハルはのの字を書くのを止めない。

『テンマは私をもてあそんで捨てるのよ。最後には私の首をナイフで掻き切ってね！』

『俺はそんなことしないぞ』

ハルは振り向いて、叫んだ。

『したじゃない！　雷で私を痺れさせて！　あと少しで首にナイフが……』

先ほどの出来事を思い出したのか、声が震えている。

俺は少し慌てて言う。

『ちょ、ちょっとした手違いじゃないか』

『手違い!?　手違いで私は殺されそうになったの!?　あのときのテンマの目を、私は一生忘れないわ。絶対に、絶対に忘れないわ！』

確かに殺しそうになったのは申し訳ない。

俺は素直に頭を下げる。

『怖い思いをさせてしまって、すまなかった。俺の顔を見るたびに怖いことを思い出させるのは忍びない。ここでお別れだ。短い間だったけど、ハルと過ごせて良かったよ』

俺もこれ以上ハルと一緒にいると、ドロテア臭で窒息する危険性がある。

お互いのためにも決別した方が良いと思い、別れを告げた。

しかし、ハルは俺に抱きついてくる。

『責任を取ってもらうわ。慰謝料としてデザートを最初に約束したのと同じペースで配給することと、今日の夜、それとは別に果物を使ったデザートを献上することを約束しなさい！』

あぁ～それを狙った上で演技していたのかぁ。

やはりハルはドロテアさんだ。

これ以上彼女が増殖するのは避けねばならない。

うん、やはりハルとは決別すべきだろう。

『やはり、ハルとは――』

『きょうとったくだものでつくったデザート、ぼくもたべたーい！』

シルが会話に入ってきた。

でも、決別しなくては！

『やはり――』

『シルちゃんも一緒に特製デザートを食べようね』

『うん！　ぼく、たのしみ～』

くっ、ハルめ！　幼いシルを誑(たぶら)かしたな！

ハルは俺から離れ、シルをモフりながら、嫌な視線を向けてきた。

くっ、ぶん殴りたいが、シルに俺のダークサイドを見せる訳には……。

俺は一瞬悩んだが、口を開く。

『そうだな、今日はシルも食材の採取を手伝ってくれたし、特製デザートを一緒に食べような』

そして、ハルにだけ聞こえるよう、念話で言う。

『だが、デザートを以前と同じ条件で配給しろという要求は呑めない。それでも食い下がるというのなら、即座に決別するからな！』

『わ、分かったわよ。特製デザートで手を打つわ』

こうして、どうにか交渉はまとまった。

だが、ハルをドロテアさんに会わせる前に、ジジに調教してもらう必要があると思わざるを得なかった。

第11話　お仕置き計画

ルームに戻ると、ジジが出迎えてくれた。
「テンマ様、お仕事お疲れ様です。お風呂にしますか？　食事にされますか？」
優しく出迎えてくれる妻に、食事と風呂の順番を聞かれるという幸せ……。
ヘッ、ヘッ、ヘッ、その前にお前を――っていけないいけない。
二日続けて同じ妄想の世界に溺（おぼ）れてしまうところだった。
『発情するのは後にして、早くご飯食べようよぉ～』
やはりわがままで出来の悪い娘が、夫婦の楽しい会話を台無しにしてきやがった！
ハルの首筋にナイフを突き刺したい衝動がぁぁぁ！
あのときサクッとしちゃえば良かったかも………さすがに冗談だが。
シルのお腹も限界だったので、すぐさま食事をすることになった。

今日の夕食は、ニンニクと生姜のしっかり効いた生姜焼きだ。

『ニンニクで精力を付けさせようってことかしら……ジジも期待しているのね』

おいハル、なんでもそっちに持っていくんじゃねぇーーー！

いけないいけない、また妄想の中でハルの首にナイフを突き刺してしまった。

そんなふうに色々台無しな空気感の中で夕食を食べ始めたものの、生姜焼きは本当に美味しい。

シルとハルも、尻尾をブンブン振って喜んでいる。


あっという間に夕食を食べ終えてしまったので、シルと風呂に向かおうとしていると、ハルが文句を言ってくる。

『約束した特製デザートは、出してくれないの？』

言うと思っていたぜ！

俺は、用意していた回答を口にする。

『中途半端な物で良いなら出せるぞ。だがいいのか？　今から風呂で気合を入れて、ハルが風呂に入っている間に、すごいデザートを用意するつもりだったんだけど』

『そ、それならそうと先に言いなさいよ！』

……ザシュッ！

おっといけない。また妄想の中でハルの首筋にナイフを突き刺してしまった。

お風呂から出て、入れ替わりでジジとハルが風呂に向かうのを見送る。

さて、スイーツを作りますか。

俺はキッチンに行き、早速作業に取り掛かる。

まずバニラを使って、生クリームとバニラアイスを大量に作る。

そしてマンゴーを始めとしたトロピカルフルーツは、砂糖と合わせて攪拌して凍らせ、シャーベットにした。

それ以外の果物はカットして盛り付けたり、ミキサーにかけてジュースにしたり。

そして最後に作るのは……フルーツパフェだ！

ジジのぶんも常識に照らして見ると特大サイズだが、シルやハルに提供するのはその五倍はあろうかというサイズの巨大パフェだ。

パフェを作り終えたタイミングで、ジジとハルが風呂から上がってきた。

『に、匂いだけで気が変になりそうよ。早くちょうだい！』

急かしてくるハルに少しイラッとしつつも、ダイニングのテーブルの上にデザートを用意する。

『テンマ特製、フルーツデザートだ！　遠慮なく食べてくれ！』

言い終わるや否や、シルとハルは顔を突っ込むようにしてスイーツにがっつく。

ジジはそれを苦笑いで眺めながら、バニラアイスを一口パクリ。

ウサ耳がピクピク反応しているのを見るに、どうやら気に入ってくれたらしい。

少しして、ハルが悲鳴を上げる。

『い、いたたたたぁ、頭が痛いわ！』

『冷たい食べ物を一気に食べると、頭が痛くなるぞ』

『そういうことは先に言いなさいよ！』

ハルの横では、シルも頭を前脚で抱えている。

ウルフも頭を抱えられるんだぁ。

ハルは文句を言いながらも、大量にアイスやシャーベットを頬張り、頭が痛くなって……を繰り返している。

学習能力のない奴だなぁ！

ジジはそんなに急いで食べているように見えなかったが、少しすると頭を押さえ始めた。

こちらの世界に冷たい甘味はあまりないので、頭が痛くなりやすいのだろうか。


十分後。

机に並んでいたデザートは、二人と二匹の胃の中に消えた。

シルはまだしも、ハルはその小さな体のどこに入ったんだ？

そう思ったが、シルもハルもお腹がかなりポッコリしている。

っていうかあんなに冷たい物を一気に食べたら、あとでお腹が痛くなっちゃうんじゃ……いや、まぁそれも経験か。

シルとハルはリビングへ行ってしまった。

折角ジジと二人になったので、今後の方針を練ることにしよう。

実はダンジョン探索を、そろそろ切り上げようと思っていたのだ。

そもそも当初の目的は、どこでも自宅の代わりの施設を建てるのに必要な素材を採取すること。

それなのにハルに出会い、食材やダンジョンの情報を教えてもらったことで本来の目的を忘れてしまっていた。

それに、ジジがどこでも自宅を十分に管理出来なかったと、泣きながら謝罪してきたことも気になる。

ジジには管理の一部を任せていただけだったのに、これほどまでに自分を責めてしまっているのには、何か原因があるのだろう。

何か誤解が生じているのなら、それは解消せねばならない。

そこまで考えてから、俺はふと気付く。

なんとなくドロテアさんが奥様方を勝手にどこでも自宅に住まわせていたと思っていたけど、改めて考えると違うんじゃないか？

ドロテアさんはよく暴走するし、魔法を使ってまで夜這いしてくるし、非常識なところがある。

しかし、最初の頃はまだしも最近は、俺が本気で嫌がりそうなことはしないようにしている気がするのだ。

暴走するのは研究に関することがほとんどで、それ以外は暴走しているというよりふざけてちょっかいをかけてくるような感じだし。

俺も、それを可愛いと思ってしまうこともある。

うん、改めて考えてみても今回の一件……ドロテア臭がしないな。

ドロテアさんがやらかしたことが明らかであればさくっと罰を与えて終わりって形でもいいし、なんならそれが楽しみになってしまうことすらあるのだが、今回はなぜかそうしようとすら思わなかった。

ドロテア臭を感じなかったから、町の権力者を巻き込む遠回りな解決法を採ってしまったのかもしれないな。

さて、どうしようか……。

ひとまず事実確認のために、正面に座るジジに聞いてみる。

「まず今後の予定について話し合う前に、聞きたいことがあるんだ。どこでも自宅にメイドや家族を連れ込んだのは、暴走したドロテアさんかい？」

「いえ……アーリンさんです」

最初に女子だけの水遊びが行われた際は、当日の朝にドロテアさんが報告してきた。

それはよろしくなかっただろうということで、その次に水遊びを行う際には事前にアーリンが『家族をどこでも自宅に滞在させる許可をください』と言ってきたのだ。

俺は水浴びしに来るだけなら、と思って許可を出した。

しかし、アーリンは恐らくそれを『奥様方はいつでもどこでも自宅に滞在して良い』と拡大解釈したんだな。

確かに普段から政治的な手腕を発揮しているアーリンがやったと考えれば、納得は出来る。

しかし、かつて俺に『施しすぎると搾取されて、結局誰のためにもならない』と常識的な説教をしてくれたことを思うと、意外だ。

「ソフィアさん達が唆したとかではないんだよね？」

「よく分かりません。アーリンさんに『テンマ様に許可をいただいたから、部屋を手配してください』って言われて、それで……」

うん、なんとなく状況は分かった気がする。

まず一番悪いのは俺だ。

アーリンに許可を出したのは確かだし、それによってどこでも自宅が占拠されていることに関して、しっかり問い質すべきだった。

そして次に悪いのは、アーリンだな。

許可した上に俺が何も言わなかったとはいえ、さすがにやりすぎだ。

俺はジジに言う。

「ジジは悪くない。それにしても……色々と予想外なことが起こっていたようで、驚いているよ。まさかアーリンがこんなことをするなんて」

「そ、それでは、アーリンさんをお叱りになられるのですか？　……でも任せきりにした私も悪かったですし……」

やっぱりジジは優しいなぁ。

でも……アーリンには罰を受けてもらおう！

ただ、罰と言っても形式的な物だ。

アーリンがより成長出来るような……って、いっそプレゼントなんじゃないかな、これ。

そう思いつつも、俺は口を開く。

「いや、アーリンには罰を受けてもらう。その内容は――」

罰の内容を聞いたジジは、真っ青な顔になる。

「そ、それは、少し可哀想じゃ……」

「いやいや、アーリンにとっては悪い話じゃないはずだよ。なんならジジも一緒に――」

「わ、私は遠慮します！」

さっきまで『自分も悪かった』と言っていたジジは、首をぶんぶんと横に振っている。

そ、そこまで嫌なの!?　もしかして、みんなからすると、本当に罰になっちゃうの？

まぁそれならそれで、か。悪いことをしたのは確かだし。

それよりも、奥様方はどうしようか。

成人前の子供の話を鵜呑みにして、家主(やぬし)である俺に挨拶もしないでどこでも自宅を利用していたのは、あまりよろしくないだろう。

ま、元々お願いしたいこともあるから、罰という体(てい)で協力してもらうか。

ふふふっ、今晩しっかり計画を立てなきゃ！

とはいえこの罰にしたって、結果的にはロンダの利益になるはずだ。

どこでも自宅の代わりになる施設も提供するのだから、それくらいやってもらっても罰(ばち)は当たるまい。

そして……ドロテアさんはどうするかな？

ドロテアさんは今回の件では何かしたわけでもないが、彼らの中で一番権力を持った、いわば責任者ではあるわけだ。

それに、ドロテアさんのリアクションがそろそろ恋しくなっていたところだ！

あっ、そうだ！

ドロテアさんと言えば、ドロテア臭が一番濃いハルもそろそろ制御しなければ、大変なことになりそうだ。

そのためには、罰を与えやすくするシステムが必要になるな……。

ドロテアさんとハルに与えるお仕置きについて考えていると、なんだかワクワクしてくる。

するとジジが恐る恐るといった感じで声を掛けてきた。

「テ、テンマ様、な、何か悪いことをお考えになっていらっしゃいませんか？」

おやおや、ダークなオーラが漏れ出してしまっていたようだ。

その後、明日のスケジュールについて少しだけ話し合った後、俺らは別れた。

第12話　呪術の魔道具

俺はハルへのお仕置きシステムを構築するのに必要な道具を作るべく、生産工房を訪れていた。

昨日に続いて、今日も寝ないで作業をすることになりそうだ。

そこまで急ぐ必要があるかと言われれば、そんな必要はないのだが……ジジと一緒に寝室で寝る勇気はない。

ハルが余計なことを言うから、変に意識しちゃうんだよ！

そんなハルへの不満は、お仕置きへの情熱に転換しよう。

というわけで、まずはハルの特製チョーカーを作る。

ジジ達のチョーカーを作ったのと同じ工程を踏んで……完成。

ちなみに、チョーカーの前部分にはめ込んだ宝石の色はピンク。ハルの顔の形に加工した。

それに収納を付与し、デザートを入れる。

更に文字念話(チャット)と呪術を付与。

呪術を付与することで、文字念話(チャット)で特定の指示を出すと、リモートで呪(のろ)いが発動するようになった。

呪術に必要な魔力は、装着した相手から吸い取られるので、いつでもどこでも発動させられる。

ふふふっ、これでハルの行動を制御出来るだろう。

更に可愛らしい服も作る。

そしてこれにもチョーカー経由の文字念話(チャット)で特定の指示を出すと、罰を与えられるよう、加工した。

少々やりすぎかとは思うが、ハルがドロテア化しなければいい話だ。

次はドロテアさんのチョーカーを作ろう。

ジジやピピとお揃いの、兎の飾りのついたチョーカーを製作して、アイテムボックスなどの機能を付与した。かつて渡した腕輪はそれほど飾り気のない物だったからね。

当然、ドロテアさん用のチョーカーにもハル同様、呪術を付与した。

なんだかこれって、隷属の首輪みたいじゃ……いやいや、生活を円滑にするための物だから違うはずだ。彼女が正しく行動していれば呪いを発動する必要はないわけだし。

ザンベルトさんの腕輪も作り直した。更に、アルベルトさんやバロールさん、そして彼ら三人のご夫人の分も腕輪を作り、各種機能を付与する。

色々とお願いすることになるので、これらはその見返りとして用意した形だ。

さすがに貴族に呪術を付与するのはマズいとは思ったけど……秘かに付与してしまった。

まぁドロテアさんと違って呪術を発動することにはならないだろうし、念のためって感じだ。

そしてこれらには、彼らにお願いしたいことをまとめた書類を格納した。

さて、そんなことをしているうちに、朝食の時間になってしまった。

生産工房を出て、ダイニングに向かう。

すると、トイレの前にハルが座り込んでいるのに気付いた。

『ハル、朝からこんな場所で何しているんだ？』

『シル、シルがトイレから……出てこないのよ』

いつになく弱々しい口調で、ハルはそう口にした。

ハルはお腹を押さえながら、尻尾を股の間に挟んでいる。

あっ、もしかして冷たい物を食べすぎて、お腹を壊したのか⁉

表情もやつれているので、ロクに寝られていないのかもしれない。

少しして、シルがトイレから出てくる。
するとハルは、驚くべき勢いでトイレに入り、扉を閉めた。
シルもどことなくげっそりしていて、元気がない。
『テンマ、たすけて～』
ププッ。
噴き出してしまった俺に、シルは抗議する。
『ひどいのぉ～』
さすがに可哀想になり、ポーションを飲ませてやる。
すると、みるみるうちに元気になった。
『やっぱりテンマはすごいのぉ』
嬉しそうに尻尾を振るシルをモフりながら、一緒にダイニングに向かう。
席に着くと、ジジが朝食を出してくれる。
ジジも席に着くのを待って、一緒に朝食を食べ始める。
五分ほどして、ハルがやってきた。
何かを言おうと口を開いたが――すぐさまトイレに戻っていった。
……なんだったんだ。

食事を食べ終わり、今日の予定を話す。

「昨日ジジには話した通り、昼までにダンジョンを出て、午後はロンダに戻ろうと思う。帰りがけに昨日採取した果物が復活しているか確認したいから、シルも手伝ってくれ。ダンジョンを出たら昼食を食べ、町に戻ろう」

『うん、わかった〜！』

「かしこまりました！」

シルとジジが了承してくれたので、早速探索の支度をし始める。


支度が終わり、出発前に軽く休憩していると、ハルが戻ってきた。

『な、なんで、シルは治ったのよ〜』

『ん？　ポーションを飲ませたらすぐに治ったよ』

『ちょっ――』

ハルは文句を言おうとしたようだが、突然体を震わせる。

そして股の間に挟んだ尻尾を思いっきり手前に引っ張り始めた。

……そんなふうに我慢するんだぁ。

十秒ほどそうした後、なんとか落ち着いたのか、ハルは尻尾を引っ張るのを止め、弱々しい声で言う。

『お、お願い……ポーションをちょうだい』

さすがに気の毒になりポーションを渡すと、ハルはそれを一気に飲み干(ほ)した。

ホッとした表情をしたのも束の間(つかのま)——

『酷いじゃない！　あと少しで、長年守ってきた乙女(おとめ)としてのプライドが粉々に砕(くだ)け散るところだったわ！』

そう涙目で抗議してきた。

しかし、俺に文句を言われても……だって、頼まれたスイーツを出してやっただけだ。

『なぜ、俺に文句を言うのかな？』

『体調が悪そうなレディーがいたら、すぐにポーションを出しなさいってこと！』

ふふふっ、相変わらず図々(ずうずう)しいことだ。

さすがに呪術を付与した魔道具を渡すのは可哀想かなーなんて思っていたが、迷いは今、なくなった！

『ごめん、ごめん、ハルにプレゼントを渡したいなーって思っていて……そのことで頭がいっぱいだったんだよ』

『プ、プレゼント!?　そ、それなら仕方ないわね。内容次第では許してあげてもいいわよ』

ニヤリ。

喰いついてきたぁぁぁ！

『チョットぉ～、何か寒気がしたんだけど、何か企んでいない？』

チッ。変に勘の良いピクシードラゴンだな！

誤魔化すように微笑み、アイテムボックスからチョーカーを出す。

『な、何よ～、家族になりたかったの？　し、仕方ないわねぇ』

ハルは全身を赤くして、モジモジしている。

もしかしてジジがチョーカーについて聞かれて、そう説明したのかな？

ともあれ、勘違いしてくれたのであれば都合がいい。

俺は笑顔でチョーカーを首につけてやる。

『ここに魔力を流して！』

俺の指示通り、ハルが宝石部分に魔力を流すと、それは赤く光る。

そしてチョーカーは、ハルの首にピッタリはまるサイズに縮まった。

ふふふっ、これで俺以外には外せないよ。

『わ、悪くないわね』

ハルはそんなことを言いながら、嬉しそうにチョーカーを指で触っている。

俺は言う。

『このチョーカーには収納が付与されている。中にはデザートとか、ハルのために作った服なんかを入れておいたんだ。出して、着てみてほしいなぁ』

『デ、デザートに、ふ、服も!? テンマぁ～あなたのことを誤解していたわ。私だけ裸なのがちょっぴり気になっていたのよ。お主、なかなかやるではないかぁ～』

どこかで聞いたような言い回しを使って褒めてくれるのは嬉しいが、早く服を着てほしい。

ハルはすぐに収納を使って、服を取り出してくれた。

しかし、なぜか涎を垂らして動かなくなった。

もしかして、デザートも確認したのかな?

少しすると、涎を垂らしながらもいそいそと服を着始める。

その姿はなんとも可愛らしい。

……ってダメだ! 可愛いと思ったら、ドロテアさんのときと同じ過ちを繰り返すことになるぞ!

そんなことを考えている間に、着替えが完了。

うん、思った以上に似合っているな。

『い、良いんじゃないかしら。テンマのセンスには期待してなかったけど、これくらいのクオリティなら、我慢出来るわ』

何気にディスるんじゃねぇよ!

そう思っていると、ハルは続ける。

『それより朝食代わりに、デザートをもらうわ』

チョーカーを操作するハル。

しかし、上手くいかないようで……。

『えっ、あれっ、ねえテンマ、上手く取り出せないわよ』

『ソンナコトハナイハズ』

片言で言う俺。

ハルは悲し気な表情を浮かべる。

『だって、デザートが出せないのよ！』

仕方ない、ちゃんと説明してやろう。

『ハルは食いしん坊だから、食べ物は俺の許可がないと出せないようにしたんだ。約束した通りのサイクルで取り出せるようになっているから、我慢してくれ』

『なっ、ちょっと、どういうことよ！　デザートが目の前にあるのに、我慢しろってこと!?　普通に待たされるより相当残酷(ざんこく)じゃない！　やっぱりアンタ最低よ！』

『頭痛（中）』

『ぎゃぁーーーーー！』

文字念話(チャット)で呪いを発動させてみたのだが、上手くいってよかった。

ハルは頭を抱えて転がろうとするが、尻尾が邪魔でなんだかぎこちない。

それを何度も繰り返していて……正直かなり面白い。

『ハァ、ハァ、ハァ、な、何が起きたの？　突然頭が痛くなったわ』
『家族に変なことを言った天罰じゃないかなぁ～』
からかうように言うと、ハルは、びしっとこちらを指差してくる。
『これに何か細工したわね！　あんた、本当に酷いわ！』
俺は再度文字念話を送る。
『尻尾締（中）』
『イタッ、イタタタタァ』
ハルは尻尾の付け根辺りを押さえながら、痛みを訴えた。
目に涙を浮かべながらハルは俺を睨みつつ、チョーカーを外そうとする。
しかし、何度も言うように、これは俺以外には外せない。
そんなタイミングで、後ろから視線を感じた。
振り返ると、ジジが驚きのあまり固まっていた。
しかし数秒してハッと我に返ると、口を開く。
「テンマ様に暴言を吐いたのなら、仕方ありませんね」
え～と、これはこれで大丈夫かなぁ？
盲目的に俺を信じてくれるのは嬉しいが、言い知れぬ不安も覚えてしまう。

第13話　研修脳

昼前。俺らはダンジョンの外に出た。

結局帰りがてら確認した結果、宝箱は復活していなかったし、採取した果物も元に戻っていなかった。

しかし、昨日は未熟だったために採取していなかった果物が、随分と生長していた。

新たな実も付き始めているのを見るに、数日で元の状態になるんじゃないだろうか。

蜂系の魔物は復活はしていたけど、巣にはほとんど蜜が集まっていなかった。

とはいえそれだって、時間経過でどうにかなりそうだ。

総じてこのダンジョンは、食材収集においてかなり有用だと分かった。

ちなみに帰り道、シルは楽しそうにダンジョン内を走り回っていたが、ハルは不機嫌そうに後ろから付いてくるだけだった。

俺はハルに聞く。

『ハル、ずっと機嫌悪そうだったけど、どうした？』

『機嫌が悪くなるのは当たり前……ですよね？』

途中で丁寧な言い方に変えた？

『んっ、もしかして魔道具のこと？』

『そう、そうですね』

『酷い言葉を吐いたり、わがままを言ったりしなければお仕置きをすることもないから、大丈夫だよ』

『全然大丈夫じゃないわ……』

ハルは独り言のように、小さな声で呟いた。

うーん、ダンジョンを出たらお別れした方がお互いのためかなぁ。

罰を与えないとすぐに調子に乗って酷い要求をしてきそうだし、かといってハルの性格が直るとは思えないからな。

昼食を食べるべく、ルームに戻ってきた。

ダイニングへ向かうと、机の上には色とりどりのフルーツサンドが並んでいた。

ダンジョン探索に向かう前に、フルーツを使ったスイーツや料理のレシピと食材をジジに渡していたんだけど、早速それらを使って作ってくれたようだ。

ハルは大喜びして跳びはねている。

さっきまであんなにしょぼくれていたのに、どんだけスイーツが好きなんだ。

シルも当然のように美味しそうに食べている。

前世では、おやつっぽいフルーツサンドを食事時に食べるなんてあり得ないと思っていたが、この世界では甘味が少なかったこともあり、これもアリだなと思う。


昼食を食べ終わってお茶を飲みながら、俺は言う。

『ハルはこの後、森に帰るだろ?』

『か、帰らないわよ。家族になったんだから一緒に行くわよ!』

え〜と、予想外の返事だぁ。

帰ってほしいって言い辛いから、チョーカーを渡したところもあったんだけど。

『俺達と一緒に行動しなければ、天罰を喰らうこともない。それにデザートだって、約束していた日数が経てば取り出せるんだぞ?』

『何よ〜、家族になったんだから、そんな冷たいこと言わないでよぉ』

意外にもハルはツンデレ系!?

そう驚いていると、ハルはウキウキした顔で言う。

『見たところデザートは三ヶ月くらいでなくなっちゃいそうだし、まだカカオでちょこ? を作っていないでしょ。タケルも上手く作れないと言っていた幻の食べ物だから、食べてみたいのよ！』

おうふ、ただの食いしん坊でした。

少々ガッカリしてしまう俺だ。

すると、ハルは突然土下座する。

『だから天罰という名の呪術を、何とかしてください！』

おお、呪術だと気付いていたのね。

とはいえ、じゃあ解除するか、とはならない。

『う～ん、ハルはすぐに調子に乗るし、ジジを騙すからなぁ』

『二度とジジを騙さないわ。それに少しぐらいは乙女のお茶目な悪戯だと思って……大目に見てください』

う～ん、少しは反省しているようだ。

でも、町中にハルを連れていくのはやはりリスキーな気がするし……D研(どこ)でしばらく様子見するのが良いだろうか。

「……ジジ、ハルをD研(どこ)に住まわせてみる？」

ジジは、首を縦に振った。

「あれ以来嘘をついていませんし、悪い部分だって、時間をかければ直るんじゃないかと思います。それにハル様は伝説の存在なので、もう少しお話ししたいです！」

『ジジちゃん、あなたって良い子ねぇ。私はあなたが大好きよ！』

ハルはそう言ってジジに抱きついた。

……要領のいい奴め。

まあ、ジジがそう言うならいいか。

『分かった。しばらくD研で過ごしてもらいながら様子を見よう！』

『D研？』

ハルは首を傾げた。

『ロンダに着いたらすぐに見せてあげるから。詳しい話はジジに聞いてみて。そんなわけで、そろそろ戻ろうか』

俺はそう言い残して、ルームから出る。

いつもの通り近くの森までフライで移動して、シルだけルームから出す。

そこからはシルと歩いて門まで向かった。

門の近くまで行くと、門番を務める兵士が数人、何やら慌ただしく動き出した。

更に近づくと、一人の兵士が前に出てくる。

あれっ、ヨルンさん？

彼はランガの知り合いで、その縁で知り合ったのだ。

「テンマ様、お疲れのこととは思いますが、至急魔術ギルドに向かっていただけないでしょうか？」

ちょっ、ちょっと、テンマ様って何⁉　いつもはテンマ君って呼んでくれているのに……。

「ヨルンさんどうしたんです。いつもと同じように接してくださいよ！」

するとヨルンさんはすぐそばまで来て、耳打ちしてくる。

「領主様とドロテア様の両方から、テンマ君が来たら魔術ギルドに案内するよう言われているんだ」

「まずは仲間のいる、ドロテアさんの屋敷に向かいたいんです。それとも断ったら拘束（こうそく）したり捕縛（ほばく）したりしますか？」

少し意地悪な言い方だという自覚はあったが、まずはハルをD研（どこ）へ移動させたい。

それに、ここまで魔術ギルドに行かせることにこだわるということは、向こう側に何かしらの意図があるということだろう。

話し合いを優利に進める意味でも、アウェーの場に赴（おもむ）きたくはない。

ヨルンさんは、懇願するように尚（なお）も言う。

「そんなことはしないけど……俺の立場も考えてくれよぉ」

「では正式に依頼をさせてください。領主様やドロテアさんにドロテアさんの屋敷に向かったと伝えてほしいのです」

俺は大きな声で、他の兵士にも聞こえるようにそう言った。

ヨルンさんの指示を無視してそのままドロテアさんの屋敷へ向かってしまえば、彼の顔を潰すことになる。

だから、あくまで正式な依頼の体裁をとったわけだ。

ヨルンさんはそれを一瞬で理解して、話を合わせてくれる。

「了解です。至急そのようにお伝えします。どうぞお通りください」

こうして俺はロンダの町に入り、ドロテアさんの屋敷に向かった。


町中でも衛兵に声をかけられるとか、何かしらのアクシデントがあるのではないかと警戒していたが、特に何事もなくドロテアさんの屋敷に辿り着いた。

屋敷でも、メイドさんから異様に丁寧な対応をされるので戸惑ったが、それ以外は普段通りだ。

そんなこんなで、すんなりとD研に入った俺は、ルームからジジとハルを出した。

ハルは驚きのあまり一瞬固まったが、すぐに『D研内を見学してくるわ』と言い残して飛んでいってしまった。

ジジも「夕飯の準備をしてきます」と言って、どこでも自宅に入っていく。

残された俺とシルはピピに会いに、草原へ向かう。

草原には二メートルぐらいの高さの柵で囲まれた一角があり、その中にはホーンラビットが放たれている。

そこでは回避と気配察知の訓練が出来るのだ。

今の時間なら、ピピはミーシャとそこで訓練しているはず。

数日留守にしたから、ピピは寂しがっているかな？

ワクワクしながら庭へと向かった俺は……思わず固まってしまった。

だってそこでは、俺が知っているのとは全く違った訓練が行われていたのだ。

まず、ホーンラビットの動きが異様に速い。

そしてその攻撃を躱し続けるピピの姿が、異常なのだ。

ピピの腕は異様な方向に曲がって、プラプラしている。

どう考えても骨折している……のに、彼女は嬉しそう。

頭がおかしくなったとしか思えない。

そしてそんなピピを、ミーシャが微笑ましい物を見るように見守っていた。

俺の存在に気が付いたピピは、ホーンラビットの攻撃を躱しながら柵の外へ出る。

「テンマお兄ちゃんお帰りなさい」

セリフは非常に可愛いのだが、動作が可愛くない。

骨折した腕をもう片方の手で正常な位置に戻し、笑顔でポーションを呷っているのだ。

ピピに何があったんだ⁉

そう思っていると、ピピは笑顔で報告してくる。

「お兄ちゃん聞いて！　ついに物理耐性や回避のスキルを取得したの。気配察知もレベルが上がっ

た ー！　次々と能力が育っていくのが、すっごく楽しいの！」

「テンマがいなくても、ピピが一緒だと私も楽しい！　負けられないって気合が入る！」

そう言って、両拳を胸の前で握るミーシャ。

お前かぁ！　可愛いピピを脳筋少女に変えたのは!!

ミーシャがステータス育成やスキル取得にハマっていたのは知っていたが、まさかピピまでそうなっていたなんて……。

ミーシャに任せておけば他のメンバーもだらけることはないだろうと思い、最近は研修を一任していたのだが、こんな弊害が出るとは、予想外だ。

とはいえ、この状態に関しては俺も覚えがある。

ゲーム脳——研修脳と言うべきか。

俺も研修時代に、骨が折れても嬉々としてオーガと戦闘し続けていた。

研修脳になると、ステータス上昇やスキル取得するたびに、脳内麻薬がドヴァドヴァになって、痛みとかが気にならなくなるんだよな。

第14話　お仕置きだべぇ

少しして、ジジがやってきた。

「テンマ様、ドロテア様から連絡がありました。ご家族揃って謝罪に伺(うかが)いたいとおっしゃっていましたが、どうしますか？」

やはり、予想以上に大事(おおごと)になっているな。

「う～ん、直接話を聞いてみるよ」

そう答えると、ジジはまるで逃げるようにどこでも自宅に戻っていった。

ジジもここで同じような訓練をして、トラウマを植え付けられた……とか？

ひとまずそれは置いておいて、ドロテアさんに念話しよう。

そう言えばジジとシルからの念話は繋がるようにしていたが、二人とハル以外の連絡は入らないようにしたまんまだった。

設定を解除すると、ドロテアさんからも大量の連絡が来ていることが分かる。

一旦それは棚上げしつつ、ドロテアさんに念話をかける。

『ドロテアさん、聞こえますかぁ？』

『テンマか！　やっと繋がった。お主は冷たいのじゃ！』

ドロテア節を久しぶりに聞いた気がして、少し嬉しくなる。

『少し忙しくて反応出来ず、すみません。それよりご家族でこちらにいらっしゃりたいとか？』

『そうじゃ。テンマの家を家族が勝手に使っていたことを謝罪したいのじゃ。きっかけはアーリンじゃったが、あの子にだけ責任があるわけではないからの』

色々と誤解があるみたいだけど……折角なので利用させてもらおう。

『ジジからも話は聞きました。その上で、アーリンにはきちんと謝罪してもらった上で、罰を受けてもらおうと考えています。ご家族にも同様の覚悟はあるんですか？』

『もちろんじゃ！　アーリンだけに責任を押し付けるつもりはない。どんな償いでもするので、許してほしいのじゃ』

『どんな償いでも、ですか？』

『そうじゃ、どんなことでもするつもりじゃ。テンマが望むなら夜伽でも喜んでするのじゃ！』

あんたにとって、夜伽は元々ご褒美だろ！

相変わらずドロテアさんとの会話は楽しいが、今はそんな場合ではない。

『とりあえず、アーリンだけ謝罪に来させてください。私の教え子でもあるので、しっかりと話がしたい。ご家族の方は明日の午前九時ごろに来ていただけますか？』

『では、アーリンと私だけ――』

『アーリンだけです』

少し間をおいて、返答がある。

『分かった。じゃが、穏便に頼む。それでも足りぬ分は大人の私達がどんな償いでもする。夜伽なら今晩でも――』

『それは必要ありません。では、お願いしますね』

ドロテアさん、到底反省しているとは思えないな。

チャイムの通知が来たのでD研の出入り口にアーリンを迎えに行く。

すると、彼女の目は真っ赤に腫れ上がっていた。

「ごめんなしゃい！」

あっ、噛んだ！

気合が入りすぎて噛んでしまったアーリンを見て、笑い出しそうになるのを必死に堪える。

「ご、ごめんなさい。これをお返しします」

最初の『ごめんなしゃい』はなかったことにするようだ。

アーリンは、俺がかつて渡した、様々な機能が付与された指輪を差し出してきた。

返せとは言ってないが、謝罪の意思表明なのだろう。とりあえず受け取っておく。

アーリンの目から涙が溢れ、頬を伝っていく。

なんだかいじめているみたいで、俺も辛いんですけどぉ。


一緒にどこでも自宅に入り、ダイニングに行くと、テーブルを挟んで向かい合わせで座る。

飲み物を持ってきたジジを見て、アーリンがまた涙を零し始める。

ジジが俺とアーリンの前に飲み物を置くや否や、アーリンは彼女に縋(すが)りつき、泣きながら謝る。

「ごめんなさい、ごめんなさい！　私はダメな子でしゅ！　友達に……友達に……私はダメな子でしゅ～」

こんな状態ではまともに話せそうにないので、アーリンが泣き止むまで待つことにする。

ジジは戸惑いながらも話をしようと、アーリンの肩を持って顔を見ようとする。

しかしアーリンは首を横に振って、ジジの胸から顔を離そうとしない。

ジジは諦めたらしく、アーリンの頭を撫でながら、好きなだけ泣かせることにしたようだ。

そこにピピが戻ってきた。

「テンマお兄ちゃん、変な魔物がいた！　でも家族の印(しるし)を持っていたから、テンマお兄ちゃんに確

認しようと思って、何もせずに戻ってきたの！」

「それは、お試しで家族になったハルだね。知り合いだから大丈夫だよ」

「そういえばハルって名乗ってた！　あんしんあんしーん！」

ピピはそう言って戻っていく。

そんなやり取りを見て少し落ち着いたらしく、アーリンはジジの胸から離れて椅子に座り直していた。

俺はジジにも椅子に座るように促しつつ、アーリンに話しかける。

「アーリンは、自分のしたことが悪いことだと分かっているんだね」

彼女は頷きながらも、目を潤ませる。

ちょっと引いてしまいそうになるほど、反省しているようだ。

「わ、私がジジちゃんにお願いして家族やメイドが長期滞在する手筈を整えてもらいました。だからジジちゃんは悪くないんです！」

俺はアーリンの言葉に頷きつつ、ジジに話を振る。

「ふむぅ……ジジはどう思う？」

「私だけでは偉い人に対する対応について、判断出来ませんでした。だから、アーリンさんに相談しました。だから一番悪いのは、私です！」

「ジジは悪くないわ！　ジジは大切な友達。そんな友達を利用した私が全部悪いの！」

うんうん、仲良きことは美しきかな。

そう考えると……ヘタレな俺が一番悪い。

だから、しっかりアーリンを成長させる義務があるわけだ。

俺は言う。

「どこでも自宅の管理をジジに丸投げしていた俺にも責任がある。ただ、以前人間関係について俺を窘めたアーリンが、俺の善意を利用するような真似をしたのは、やっぱり良くなかった。だから、罰は必要だと思う」

「分かっています。どんな罰でも甘んじて受けます」

アーリンは涙を拭きながら、真剣な表情で決意を表明してくれた。

しかし、ジジが慌てたように言う。

「テ、テンマ様！　本当にあの罰をアーリンさんに科すんですか？」

「あぁ、そのつもりだよ。アーリンは本気で反省してくれているから、その熱意には応えないとね」

「先生、私は大丈夫です。悪いことをしたら罰を受けるのは当然ですわ」

アーリンは気合たっぷりにそう言った。

うんうん、いつもの調子を取り戻し始めたようだ。

「アーリンさんの決意は分かった。でも、よく考えて。すごく辛い思いをすることになるんだよ!?」

　あれっ、ジジが真剣にアーリンを止めている？

「大丈夫ですわ。このまま許される方が辛いですもの」

「で、でも……」

　やはりジジは、罰を与えることに抵抗があるようだ。

　俺は口を開く。

「では、罰の内容を教えるよ。辛いだろうけど、アーリンのためにもなることだ。罰は長期にわたって受けてもらう。最低でも一ヶ月は続けてもらうし、王都の学校に入学するまで続けられれば尚良しだ」

「だ、大丈夫ですわ」

　さすがに、少し動揺しているようだ。

　それでもしっかり頷いてくれたのを見て、俺は言う。

「罰は訓練内容の変更だよ」

　ホッとしたような表情を浮かべたアーリンを、ジジは気の毒そうに見ている。

「まず、生活魔術以外の魔術の訓練を中止する。生活魔術だけ徹底的に訓練して、ルームを習得してほしいんだ。そしてそれに加えて、ミーシャとピピと一緒に訓練をしてもらう」

　アーリンの表情は……一切変わらなかった。

確かに肉体をいじめる特訓は、最初は辛い。

でもいつしか能力が向上することが楽しくなる。

そのうち怪我をしても、それが能力アップに繋がると思うだけで、やる気が湧くようになるだろう。

もうすでにミーシャやピピはその領域に至っているが、アーリンにもいずれそうなってほしいのだ。

そんなことを考えている間に、アーリンはいつの間にかジジに抱きついている。

さっき反応がなかったのは、驚いて固まっていたからか。

っていうかそのリアクション、喜んでいるの？　悲しんでいるの？

判断に困る。

……ともあれ、折角なので一度は言ってみたかったセリフを心の中で叫ぶ。

お仕置きだべぇ！

夜にはハルの歓迎会を開き、それが終われば、夜間訓練が始まる。

早速今日からアーリンも参加したのだが、ピピの容赦ない攻撃に何度も腕や足、肋骨など全身の骨を折られていた。

その度にすぐポーションで全快させてあげたけど、毎回アーリンは辛そうな表情を浮かべていた。

そして訓練も終盤といったタイミングで、アーリンは物理耐性スキルを獲得する。

アーリンは特に喜ばず、ピピとミーシャが盛り上がっていた。

第15話　毒されるアーリン

翌朝、俺らは揃って朝食を食べていた。

ミーシャとピピは今日の訓練をどうするか楽しそうに話している。

そんな二人に、死んだ魚のような目を向けているのは、アーリンだ。

ジジは空いた皿を片づけたり、追加の料理を出したりしながら、ハルの面倒を見ている。

ハルは予想以上にジジに懐いたな。餌付けされたとも言えるが……。

昨晩はアーリン、ハル、ジジで一緒に寝たらしいし。

シルもかつてはあれほどピピに懐いていたのに、最近はミーシャとピピの訓練についていけなくなったからか、ジジにべったりだ。

そのピピはといえば、今はミーシャと一緒に寝ている。

結果的に、以前はピピと一緒に寝ていたシルは俺と一緒に寝ることになった。嬉しい。

そんなわけで昨日は久しぶりにシルモフしながら寝られたから、体調は万全だ。

それからしばらく和気あいあいと食事をしていたのだが、ふとハルに外に出ないよう言うのを忘れていたのを思い出す。

『ハル、そういえばまだ俺ら以外とは会わないようにしてくれ。存在が知れたら、騒ぎになる可能性が高い』

『モチのロンよ！　ジジと一緒にいるようにするわ』

……やはり昭和の香りがする。

時間的に辻褄（つじつま）が合わないので、かつての勇者が昭和の人間ではないのは確かだが……。

そんなことを考えながら改めてアーリンの方を見ると、まだ絶望的な表情をしていた。

ジジもそんな彼女を気にかけていたのだろう、俺に提案する。

「テンマ様、アーリンさんの訓練ですが、これまでと同様に訓練する日と、新たなメニューをこなす日を交互に設けてはいかがでしょうか？」

アーリンは、感激したように表情をぱあっとさせて、ジジを見る。

しかし、俺は渋面を作る。

「罰を与えてから一日も経ってない。すぐに罰を軽くしたら、意味がなくないか？」

また絶望の表情を浮かべるアーリン。

ジジは言う。

「それでは、アーリンさんが反省して努力しているのが分かったら、早めに通常の訓練に戻すというのはどうでしょうか？」

アーリンは慌てて魔術の訓練をしなくても大魔術師になれるくらいには、魔術の適性が高い。

ただ物理攻撃の耐性が低く、体力だってない。

これまでは貴族令嬢という立場だし、それらの能力を上げる必要はないだろうと考えていた。

でも生き抜くために必要な能力ではあるし、これを機に鍛えてあげたい。

……でもそういった理屈は、研修脳を持ってるミーシャとピピなら容易に理解出来るだろうが、アーリンには難しいだろう。

そうなると、かなりキツいのかも。

別に彼女を苦しめることが目的ではないので、今回はジジの提案に乗るとしようか。

「……まぁ、反省しているのが分かれば問題ないかな」

俺がそう答えると、アーリンはジジに抱きつく。

まあ、二人の仲が前より良くなったんなら、いいか。

「アーリン、そういえば今日は俺と一緒にドロテアさん達との話し合いに参加してくれよ」

俺の言葉にアーリンは、ブンブンと頷く。

よし、これで話はまとまった。そう思っていると――

「だったらその前に少しだけ訓練しようよ。アーリンお姉ちゃんとの訓練、楽しいし！」

無邪気な笑顔でそう言うピピを、アーリンは悪魔でも見るような目で睨みつけるのだった。

食事が終わって二時間後。

訓練を経て、アーリンは魂（たましい）が抜けたような表情で戻ってきた。

かと思うと、何も言わずお風呂に入りに行ってしまった。

彼女が風呂から出てくる前にドロテアさん達がやってきたので、迎えに行く。

謝罪に来たのだから当然だが、皆さん申し訳なさそうな顔をしている。

色々問題のある人達だとは思うが、権力を振りかざさないし、こんな年下の平民に対してわざわざ謝りに来るのを見るに、悪い人達ではないんだろうな。


いかにどこでも自宅とはいえど会議室はさすがにないので、ダイニングに移動してもらった。

ドロテアさんが誕生日席に座り、その正面に俺が座る。

そして俺から見て右側に男性陣が、左手にそれぞれの夫人が腰を下ろした。

ジジが全員のお茶を用意している間に、アーリンが戻ってきた。

見た目は綺麗になっているが、目が死んでいる。

彼女の目を見て、ドロテアさん以外の六人は驚愕の表情を浮かべた。

そして……ドロテアさんはなぜか怒りの表情で俺のことを睨んでいる。

え、どういうこと？

少しして、ジジがお茶を全員分運んできてくれた。

全員の前にお茶が置かれるのを待って、俺は話し始める。

「皆さんの要望に応じる形で、この場を用意させていただきました。まず、今回のアーリンの行いについては、本人から真摯な謝罪を受け取ったことを以て、許そうと考えています」

「なぜじゃ！　許したのなら、なぜアーリンがそのような表情をしておる！　私はお前のことを信じていたのに……アーリンに何をしたんじゃ！」

ドロテアさんが異常なほど怒っている。

しかし、俺は動じず言う。

「許しはしましたが、色々な人に迷惑を掛けたのは確かです。なので、罰を科しました」

「どんな罰じゃ！　手籠めにでもしたのか!?　それなら私が相手をすると言ったではないか！」

この人は、俺のことをなんだと思っているんだ？

内心呆れつつ、俺は首を横に振る。

「手籠めになどしていません。これまでと違った訓練をさせているだけです。魔術に関する訓練を極力減らし、生活魔術の訓練のみにさせた上で、ミーシャとピピと一緒に訓練をさせることにしました」

「たったそれだけのことで、アーリンがここまで憔悴するものか！」

他の面々もドロテアさんの勢いに圧されつつ、頷いて同意を示す。

バンッ！

突然、アーリンがテーブルを叩いて立ち上がった。

「たったそれだけのこと？　……大伯母様、二人の訓練内容を知っていて発言をしていますか⁉」

アーリンの剣幕に、ドロテアさんと保護者の方々は目を丸くする。

「えっ、いや、あの……知らないのじゃ」

先ほどの勢いを削がれ、しどろもどろになって答えるドロテアさん。

アーリンはそれを見て、ニヒルに笑う。

「先ほどたった二時間の訓練で三本も骨が折れましたわ。昨晩は八本折れたことを考えると、少しは成長出来たのかもしれませんね」

アーリンの話に、俺を含めてその場の全員がドン引きする。

ちょ……いきなりそんなハードなことになっているの⁉

さすがにあの二人でも手心を加えることくらいは知っていると思っていたんだけど、そうではないらしい。

そりゃあんだけ絶望的な表情をするわけだ。

「ふふふっ、でも先ほどピピちゃんの骨を初めて折ることが出来ましたわ。ほとんど偶然かもしれませんが、怖がっていてはその偶然も起きませんわ。開き直って怪我を覚悟で戦わなくてはダメですわね」

アーリンは、何かに目覚めたようだ。

早めに許してあげないと、アーリンはダークアーリンになってしまうかも……!?

戦慄(せんりつ)する俺に、ドロテアさんは言う。

「テ、テンマ、ミーシャとピピの訓練はそれほど――」

「それほどですわ。騎士団の訓練がお遊びに思えるほど過酷なのです！」

ドロテアさんの話をぶった切って、アーリンはそう言い切った。

これにはさすがにバロールさんが口を挟む。

「アーリン、いくらお前でも騎士団の訓練をお遊びだと言うのは、許せんぞ！」

「誤解ですわよ、大叔父様。お遊びに思えると言っただけで、お遊びだとは言っていませんわ」

「変わらないではないか！」

アーリンは、諭すように言う。

「では、何本も骨折するほどの訓練をしていますか？　ピピちゃんやミーシャさんのように骨折した上で嬉しそうに笑えますか？」

その聞き方はいかがなものか……。

バロールさんは怒鳴る。

「そんなの訓練とは言わん！」

「なぜですか？　私は一日もかからず物理攻撃耐性、毒耐性、麻痺耐性、杖術(じょうじゅつ)のスキルを取得出来ましてよ。それでも訓練じゃないと言うのなら、理由を説明してください！」

「「「なっ」」」

バロールさんだけでなく他の男性陣と、ドロテアさんも声を揃えて驚いている。

いかん、これではただ訓練がヤバいものだと思われて終わってしまう。

俺は口を開く。

「アーリン、やめなさい」

「あっ……すみません、先生」

「訓練方法や考え方は人それぞれだ。確かにミーシャやピピの訓練は厳しすぎるかもしれない。でも、俺だって昔は、毎日オーガの亜種と訓練していた。だから今がある。それにしても、あのときは大変だったなぁ……」

ふと周りを見ると、全員が呆気(あっけ)に取られている。

そんな中、アーリンだけが目を輝かせて聞いてくる。

「先生、オ、オーガの亜種ですか!?」

「うん、最初は殺されないように必死だったけど、あいつと戦う中で物理攻撃耐性や剣術のスキルを成長させることが出来たんだ。ふふふっ、途中からは相手を殺さないように加減しつつ戦ったり、回避だけをひたすら続けたり……あいつ元気にしているかなぁ」

俺のチートな実力を知るアーリンは納得したように頷いているが、他の面子は完全に口を閉ざしてしまった。

俺は咳払いして、後頭部を掻く。

「すみません。昔のことを思い出して、語りすぎました。まぁそういうわけで、アーリンの罰は本人のためにもなります。彼女も納得していますし、反省と努力が認められれば、その時点で終わらせるつもりです」

そこで言葉を切り、俺は切り出す。

「さて、そんなことより、本題に入りましょう。皆様に与える罰についてのお話です」

第16話　保護者の責任

「ちょっと待ってほしいのじゃ！」

俺の言葉を遮ったのは、ドロテアさんだ。

彼女は頭を下げる。

「まずは謝らせてほしいのじゃ。アーリンの言葉を鵜呑みにして家主へ挨拶をしなかったこと、大変申し訳なかったのじゃ」

「「「「申し訳ありませんでした」」」」

ドロテアさんに続き、保護者の方々も頭を下げた。

全員が頭を上げたタイミングで、ドロテアさんは言う。

「テンマの言う通り、謝罪だけで済まそうとは思わんのじゃ。何かしら罰を科してほしい。私は夜伽を喜んでさせてもらうのじゃ！」

俺はドロテアさんに半眼を向ける。

「え～と、喜んでするのなら罰にならないと思います。ドロテアさんへの罰は二度と俺に夜伽の話をしないことです」

「そ、そんなぁ……テンマは冷たいのじゃぁ！」

俺だけではなく、他の大人も呆れた顔でドロテアさんを見ている。

「まあ、それはそれとして、どんなことでもすると事前にドロテアさんが言ってくれたこと、これは皆さんの共通認識だと思って良いのですか？　……ああ、安心してください。楽な罰ではありませんが、皆さんや領のためになることをお願いするつもりです」

「もちろんじゃ！」

俺の質問に、ドロテアさんは楽しそうに返事した。

Mっ気があるのかな？　いや、あるのかなじゃなくて確実にある！

しかし、他の人達は不安そうに顔を見合わせて様子を窺っている。

そんな家族の様子を見て、焦れたようにドロテアさんが言う。

「なんじゃ、お主達もここに来る前に、どんなことでもすると言っていたではないか！」

答えたのは、ソフィアさんだった。

「それは間違いありません。ただ、アーリンと同じ罰を与えられてしまったら、年を重ねた上に鍛えているわけでもない私には耐えられないでしょう」

確かにソフィアさんにアーリンと同じ罰を与えたとしたら、アーリン以上に苦しむことになるだろう。っていうか将来の目標に繋がるわけでもないのにそんなことを科すなんて、それこそ拷問と変わらないだろうし。

「じゃが――」

「それなら、罰の内容を聞いてからでも良いですよ」

文句を言おうとしたドロテアさんを遮り、俺はそう言った。

するとと、ソフィアさんが本当に申し訳なさそうに口を開く。

「テンマさん、本当にすみません。ですが簡単に『やります』と答えておきながら内容を聞いて『やはり出来ません』では、それこそ失礼になるかと思いまして。ただ、辛くても私達に出来そうなことであれば必ず受け入れると約束致します！」

他の人達も頷いているので大丈夫だろう。

まだドロテアさんは不満そうにしているけど……。

「それで大丈夫ですよ。罰というよりは協力のお願いと言った方が正しいくらいです。まず前提として、私にとってロンダは第二の故郷（ふるさと）です。発展して、過ごしやすい町になってくれればいいと思っています。なので、その手助けをしていただきたい」

皆さんの顔つきが真剣なものになる。

俺は続ける。

「それでは順番に説明してもよろしいですか？」

「「「「「よろしくお願いします（お願いするのじゃ）」」」」」

予想以上に気持ちのいい返事に満足しつつ、俺は人差し指を立てる。

「まずはバロールさん。やはり今の騎士団は頼りないです。アーリンほど厳しくはしませんが、騎士団には研修を受けてもらいます」

「「「「「けんしゅう？」」」」」

保護者の方々に聞き返されてしまった。

そうか、『研修』はこの世界では馴染みのない言葉だった。

「研修とは、あらゆる技能や知識を高めるための訓練のこと。戦闘訓練をはじめとして、騎士としての在り方や能力の向上、礼儀や必要な知識の勉強など様々なことを教えます。詳細はこちらに収納されている資料を見てください」

そう言ってアイテムボックスから昨日作ったチョーカーや腕輪を出し、配る。

ドロテアさんとザンベルトさん以外は画期的な魔道具だと驚いていたが、今は話し合いが優先だと判断したのだろう、すぐに使い方を覚えてくれた。

そして、バロールさんが資料の内容を確認した上で、聞いてくる。

「これには魔力量の増加だけでなく体力や力、それに素早さも向上させることが出来るとありますが本当なのでしょうか？　それに訓練用ポーションや毒薬、麻痺薬まで使うとあります……費用的に現実的ではないんじゃ……」

「費用についてはあとで説明しましょう。また、様々な能力は魔力量と同様に向上させることが出来ます。実際に魔力量の増加を優先していたのに、アーリンの能力はどれを取っても訓練を始めたときの数倍になっているのです。効果のほどは保証出来ます」

アーリンが頷くのを見て、バロールさんは唾を呑み込んだ。

それを見て、俺は続ける。

「あと大事なのは……資料の最後のページを見てください。まず、研修を受ける人には事前に鑑定を受けていただきます。そして研修内容の口外は禁止です。加えて数年間のうちに騎士団を辞める場合には、相応の代価を払ってもらう取り決めもあります。研修で得た能力を悪用されては困りますし、それなりに費用もかかるので、途中で辞められると困るんです。そして、これらのルールを守ると、契約魔法を用いて誓うこと。ここに記載されているルールに従いたくないのであれば研修は受けなくとも構いません。ただ、通常の訓練をこなした人と研修を行った人では能力に大きな差が生まれるでしょう。それはきっと役職にも影響してくるでしょうね」

バロールさんは何度も資料を確認した上で、更に質問してくる。

「ざっと読む限り問題ないどころか、良いことばかりだと思いますが……これが罰なんですか？」

「ふふふっ、よく考えてみてください。騎士団の配置などの調整を行う必要がある——つまり当然書類仕事も増えますよね」

バロールさんはそれを聞いて、少し表情を曇らせる。

だがそれでも大きく頷いた。

「気になる箇所はいくつかありますが、この罰を受けましょう！」

よっしゃぁぁぁ！

内心でガッツポーズをしながら、それを表に出さずに冷静な口調で言う。

「良かったです。治安維持や安全確保のためには、騎士団を強くすることが重要なので」

他の人も皆、好意的な反応だ。

さて、いい流れが出来たところで、次のお願いだ！

「ナールさん、あなたは女性騎士だったとアーリンから聞きましたが、間違いありませんか？」

バロールさんの妻であるナールさんは、突然話を振られて戸惑いながらも、答える。

「あっ、はい。その頃に主人と知り合いましたから」

「今は女性騎士の人数が少ないようですが、増えたらいいなと考えています。今騎士でない女性にも研修を受けてもらいつつ、今騎士を務めている方の底上げもしたいのです。ナールさんにはそのまとめ役になっていただきたい。どうでしょうか？」

ナールさんにとってはまさかの提案だったのだろう。驚いている。

俺は、畳みかけるように言う。

「もちろん誰でも入れる、というわけではありません。入団する方は、面接を通して適性を見て決めるつもりです。女性は男性に比べて精神力がある気がしますし、研修に向いていると思います。また、研修はレベルが低い状態で始めた方が効果が出やすい。女性はレベルを上げようとしていない方が大半ですよね？　そういった方々を集めて、女性騎士団を作ってみたいのです！」

ナールさんの目が、次第に輝き出す。

彼女は言う。

「実は仕事に就けないから嫁ぎ先を探しているっていう女性は、多いんです。でもそういう方々も、本当は自立したいと思っているはず！」

爛々(らんらん)とした目つきで拳を握るナールさんを、バロールさんが不安そうな顔で見ている。

ナールさんが強くなると、バロールさんの家での立場が更に悪くなるのかな？

そんなことを考えつつ、俺は腕輪に収納してある女性騎士団創設の草案を見るよう促す。

「基本的に男性騎士団の資料と内容はさほど変わりません。とはいえ男性騎士団より新規に雇(やと)う人数は遥(はる)かに多くなるでしょう。ナールさんはかなり大変だと思いますよ」

俺は脅(おど)すようにそう言うが、ナールさんは嬉しそうだ。

「いえ、家でただ大人しくしているより楽しそうで、ワクワクしています！　喜んでこの罰を受けたいと思います！」

俺はそれを聞いて、またしても心の中でガッツポーズする。

「ありがとうございます！　大変助かります！」

それ以降、他の方にも色々とお願いをしたが、どれも快く受けてもらえた。

整理すると、それぞれの担当は次のような感じだ。

・バロールさんとナールさん……騎士団の拡充と実力の底上げ
・ザンベルトさん……冒険者や元冒険者の中から騎士候補をピックアップし、勧誘する役割
・セリアさん……商業ギルドと領主家や商人との折衝(せっしょう)と、契約周りの調整
・ソフィアさん……資金管理

そして、とりわけ権力の強いドロテアさんとアルベルトさんにこのプロジェクトを統括してもらうのだ。

加えてドロテアさんには、魔術と武術の双方を扱う騎士団——魔術騎士団を設立するための準備もお願いした。

七人の中でドロテアさんだけは、『忙しくなりそうで嫌じゃ』と不服そうにしていた。しかし、話し合いの前に散々『なんでもする』と言っていたこともあり、家族に睨まれ、了承せざるを得ないのだった。

第17話 ロンダ改革始動

話し合いから半月が経過した。

俺は今、どこでも自宅の代わりに建てた施設——『テックスの屋敷』にやってきた。

急いで建てたから、設備は大浴場や会議室と宿泊部屋がいくつかといったところだが、それでもだいぶ過ごしやすい場所ではあるだろう。

そしてこの屋敷に入れるのはアーリンの保護者達や、その面倒を見るメイドさん達、仕事上テックスが俺と同一人物だと知った人間だけである。

テックスは俺が知識などの権利を登録出来る部屋――『知識の部屋』に情報を登録する際に使っている匿名。それが俺だと知っているのは、極一部の人間だけなのだ。

そんなわけでここを訪れる人間には、D研についても隠す必要がない。

故に、ドロテアさんの屋敷に設置していたD研の入口もここに移設した。


俺は屋敷内の会議室へ向かう。

そこにはすでにセリアさんとソフィアさんの二人がいた。

俺が席に着くと、セリアさんが口を開く。

「追加で登録する情報に関する資料や、領主家がテックスと交わす契約書をやっと整理し終えました。ご確認をお願いします」

「明日までに確認しておきます」と俺は答えた。

先日の話し合いで皆さんが気にしていた資金に関しては、テックスとして登録した情報の使用料を以て賄おうと考えている。

とはいえこちらの世界に関する知識や、書類の通し方にはさほど詳しくない。

そのためそれらの作業はセリアさんにお願いしていたのである。

しかし、情報の使用料が入るのは、まだ先の話だろう。

改革に着手するに当たって、まとまった金が要る。

当然、それに関しても手は打っていて――

「そういえば商業ギルドにお願いしていた、借り入れの件はどうなりましたか？」

「それについては、すでに合意していただきました。予想以上に借りられましたよ。岩塩の販売も、明日から始まるそうです」

セリアさんは笑顔でそう答えた。

俺が採ったのは、先日手に入れた岩塩の販売権を譲渡(じょうと)する代わりに、商業ギルドから無利子で金を借りるという方法だ。

商業ギルドは販売手数料を手に出来る上に、貴重な岩塩を大量に仕入れられることで評価を上げられるので、悪い提案ではないはず。

そう思ってはいたものの、いざ契約が成立すると安心するな。

「これで少し楽になりましたわ。領の資金も雀(すずめ)の涙だったので」

資金の管理を担当していたソフィアさんも、そう言いながら胸を撫で下ろしている。

それにしても一番大変な思いをしているのは、セリアさんな気がする。

ソフィアさんも協力しているし、本件における商業ギルドの担当者も手を貸してくれるので、少しは楽になったようだが、それでも次々に新しい仕事が降ってくるため、焼け石に水だ。

見かねたナールさんが女性騎士団の入団希望者の中から兵士より文官や商人に向いている人を選出して、補佐に付けたようだが、適性があるとは言ってもまだ不慣れ。当分は戦力にならないだろう。

なんだか申し訳ないので、体力ポーションをいくつか渡してあげようかな。

そんなふうに考えていると、セリアさんが言う。

「そういえばワイバーンの素材も、買い手が見つかりましたよ。王都の商業ギルドに試しにワイバーンの素材を少量持っていき、ひとまず一体だけ買い取ってもらえないかと交渉に向かったところ、予定していた倍の金額で買い取りたいと言われたそうです。半額だけ前払いでいただいた上、すでにこちらに二十台もの馬車を走らせているとのことでした。どうやらワイバーンだけでなく、岩塩も購入したいんだとか。それ以外にも、耳の早い領地の商人はこちらに足を向けているらしいです。じきに、町は商人で溢れ返ることでしょう」

反応は上々だ。

ワイバーンは二十体以上保存しているし、上位種の素材だってある。これで資金面の問題は解消出来ることだろう。

想像より、町は早く発展していくのかもしれないな。

しかし、セリアさんはなぜか申し訳なさそうな表情を浮かべる。

「……ただ、現在それほどまで多くの人数を受け入れるのは、難しいでしょう。泊まる場所がないんです。なので、テンマさんには急いで宿泊施設の建設をお願いしたく……」

おうふ、更に仕事が降ってきた!?

さっきセリアさんが一番大変かもって思ったけど、さすがに俺の方が忙しい気がする。

だってこの半月で、テックスの屋敷、騎士団の駐屯地を建設したのだ。

さすがに駐屯地内の宿舎だけは手が回らず、内装を丸投げしているとはいえ、信じられないハイペースである。

建設資材を大量に採取しておいて良かったと思う反面、資材がなければ採取に出掛けるという口実で数日はのんびり出来たような気もしてしまう。

はぁ、自分が言い出したことだから、頑張るしかないか……。

町を発展させる土台だけ作れば、後は任せられるだろうし。

そんなふうに考えていると、ソフィアさんが更にお願いしてくる。

「それと、文官用にも研修施設を造ってください。現状、文官が全く足りていないんです！」

「すみません！　それはもうちょい待ってくれませんか!?」

実はそれらの調整のために、アーリンに『罰を免除するから』と手伝いを依頼したのだ。

しかし、ミーシャとピピとの訓練にハマってしまったせいで、断ってきた。

最初はあんなに嫌がっていたのに……。

訓練と言えば、ナールさんも『女性騎士団を創設するというのに、それを主導する自分に実力がないのは許せない！』と主張し、毎晩D研に来るようになった。

忙しいのに頑張ろうとする姿に胸を打たれ……たのは最初だけだ。

ナールさんはミーシャ達と同じ世界の住人だった。

なんなら彼女は最初に訓練に参加した日から、嬉々として骨を折られていたし……。

やっぱりこの世界の女性陣は、パワフルすぎる！

そんなことを思いながら、それからもソフィアさんとセリアさんと打ち合わせを続けるのだった。


二十分後。

ようやく話し合いは終わり、ソフィアさんとセリアさんは会議室を出ていった。

椅子に腰を下ろしたタイミングでドロテアさんが雇っているメイドさんが部屋に入ってきて、お茶を淹れてくれた。

はぁ、久しぶりに座ってお茶を飲んだ気がするなぁ。

今日はこれから騎士団の研修の様子を見に行った後、二日前にようやく発足した女性騎士団を訪問する予定だ。

それに、仕事が終わっても夜は生産工房で物作りをしなければならない。

まだ町を発展させるために必要な道具を、作り終えていないのだ。

計画を主導する立場だから仕方がないが、少しやりすぎだったかなぁ。

そんなことを考えていると、会議室の扉がノックされた。

返事をすると、先ほどお茶を淹れてくれたのとは別のメイドさんが入ってきた。

「ザンベルトさんがお見えになっています」

……絶対にソフィアさん達が出ていくのを待っていたな。

ひとまず、案内するようにお願いする。

メイドさんが出ていって少しすると、ザンベルトさんがやってきた。

「テンマ君、忙しいのにすまないね」

うん、全然すまなそうには聞こえない声音だが。

ザンベルトさんは俺の返事を待つことなく口を開く。

「冒険者を引退しようと考えている知り合いや、騎士になりたがっている真面目な冒険者を紹介してくれるよう、他の支部にお願いしていたんだが、予想以上に希望者がいたんだよ。そして、彼らは今、ロンダに向かっている」

「それは良かったですね。もしかすると、なり手がいないんじゃないかって心配していたんですよ」

そう言いながらザンベルトさんの顔を見ると、なぜだか表情が曇っている。

「ああ、ありがたい話ではある。ただ適性を見るテストを受けさせる間、彼らを泊める場所が足りないんだよ。正式に雇用するとなれば、空き家に住まわせればいいんだけど、この段階でそれをするのはよろしくないだろうし」

ああ～、確かにそうだよねぇ。

しかし、ただでさえ商人を泊める場所すら足りていないって話だったよな。

そもそも空き地があるのかっていう問題もあるし……さすがに冒険者の仮屋までは面倒を見ていられないぞ。

いや、仮ってことはそんなに凝った物を作らなくてもいいのか。

そんなふうに前向きに考え始めると、アイデアが湧いてくる。

ロンダは外壁で囲まれているが、他国と隣接しているわけではない。

手をつけられていない土地が周囲にはあるので、それを利用すればいい。

外壁の外に囲いを作り、その中に壁と屋根だけの簡単な住居を作るくらいなら、わけないだろう。

そんなアイデアを口にすると、ザンベルトさんは感嘆の声を漏らす。

「それは良いな。冒険者ならテント生活にだって慣れている。それよりしっかりした住まいを用意してもらえるとなれば、文句は出まい。アルベルトには私から話しておくから、大至急大まかな設計に取り掛かってほしい」

……また自分で自分の仕事を増やしてしまった。

少しブルーになっていると、ザンベルトさんはいい報せをくれる。

「ああ、それと、頼まれていたサポート役だが……ようやく見つかったよ。正直望み薄ではあったが、テンマ君が姉上を手玉に取っていると伝えたら、興味を惹かれたようでね。すぐにこちらに来ると言ってくれたよ」

何か誤解をされている気がするが、大変助かる。

実は忙しくなることを見越して（ここまでのことになったのは予想外だったが）、優秀なサポート役を呼んでくれと伝えていたのだが、それが功を奏した形だ。

「ちなみに、どういう方なんですか？」

「姉上と一緒に冒険者をしていた方だ。あの姉上を唯一制御していた人さ」

それはとんでもなく優秀か……あるいは変わり者かの二択だな。

とはいえ今は猫の手も借りたい状況だ。その人に期待する他ないな！

第18話　騎士団訪問

ザンベルトさんとの話し合いを終え、俺は今、騎士団の駐屯地へ向かっている。

駐屯地が完成したのは十日前。

だというのにすでに引っ越しは終わっていて、研修が始まっている。

バロールさんは本来四日程度はかかるだろう引っ越しを、強引に二日で終わらせたのだ。

たぶんアーリンにお遊びと言われたのを気にしているのだろう。

ちなみに駐屯所には訓練施設とか、独身者や見習いの為の宿舎だけでなく、会議室や食堂もある。

とはいえそれらすべてを地上に作ってしまうと土地が足りないので、訓練施設は地下に作った。

契約していない人に、訓練方法を知られたくないしな。

また、訓練場と宿舎はそれぞれ男女別なので、二つずつ作らねばならず、そういった意味でも大変だったなぁ。


駐屯地に着き、執務室に行くと、バロールさんと副団長二名が部屋にいた。

バロールさんが言う。

「今日はわざわざ来てくれてありがとう。まずは研修に関して、現状を報告させてもらおうか」

彼の報告によると、騎士団の中で最初は契約を交わすことに抵抗がある者が半数以上おり、数年間は辞められないということに対して不安がる者も少なくなかったのだそう。

それ故に最初に研修に参加した騎士は、全体の三割程度。

しかし、研修に参加した仲間が数日で明らかに強くなっているのを見て、最終的には七割以上の騎士が研修に参加することになったんだとか。

ちなみに残りの三割が参加していないことにも、しっかり理由がある。

一割は文官として才能があったためにその能力を鍛えることになった者。一割は騎士より魔術師の適性が高く、準備段階の魔術騎士団に移った者。最後の一割は魔道具で調べた結果、犯罪歴があると判明した者だ。

そして公募も行ったのだが、獣人の応募が殺到した。

この国では、騎士団に獣人を採用するのはあまり良しとされていない。

しかしそれは差別をしているわけではなく、素養的な問題なんだとか。

獣人は身体能力に秀でているが、身体強化の魔術が使えないため、結果的に人族の方が強くなるだろう、という理屈らしい。

確かに、獣人は身体強化の素質が低い傾向にある。それでも、身に付けるのは不可能ではない。

そのため今回は募集要項に『獣人歓迎！』の文言も入れたのだが、ちゃんと結果に結びついたようだ。

とはいえ現状、参加者に対して指導者が不足している。

そのため、新人は三ヶ月みっちり研修を受けさせているが、元々騎士だった者は二グループに分け、一日ごとに交代で研修を受けさせるという形をとっている、とのこと。

ちなみに騎士団以外にも、十歳以上十五歳未満の少年少女の中で騎士見習いになりたい者も募集したのだが、そちらにも応募者が殺到。

見習いには雑用をさせつつ、読み書きや礼儀の勉強や生活魔術の訓練を優先して行わせるようにしている。

以上がバロールさんの報告だった。

結構順調に進んでいるようで、安心した。

そして折角視察に来たのだし、実際に研修を受けている様子を見られたらなーなんて思い、聞く。

「今日はどれくらいの人が研修に参加しているのですか？」

「八割程度の騎士が揃っています。また、新人や見習いは全員集まるように指示してあります」

副団長の一人が、そう答えてくれた。

なんでそんなに揃っているの？　研修は二グループに分かれて受けさせているって話だから、多くて半数しかないだろうと思っていたのに。……っていうか集まるようにってどういうこと？

バロールさんも言う。

「テンマ君、地下の訓練場にすでにみんな集まっている。早速で申し訳ないが、来てくれないか？」

「なんで集まっているんですか？　視察だけの予定だったんですけど？」

俺の言葉に、バロールさんと副団長二人が驚いた顔をする。

一瞬気まずい沈黙（ちんもく）が流れた後、バロールさんが口を開く。

「テンマ君、普通視察って全員を集めた上で成果を見せてもらうものだろう？　まだ十日も経っていないが、すでに結果も出始めている。考案したテンマ君——テックスに会えるとみんなも楽しみにしていたんだよ」

待て、待て、待てぇーーーーーい！　コイツは何を言っているんだぁ⁉

「バロールさん、まるで俺がテックスだと宣言するような感じになっていませんか⁉」

慌ててそう言う俺を見て、バロールさんが不思議そうな顔で答える。

「その通りだ。とはいえ、研修に参加している者は契約魔法でそのことは他の者に明かせない。だから視察を了承してくれたんじゃないのかい？」

俺は首をぶんぶんと横に振る。

「俺は表に出たくないから、バロールさん達に前面に出てもらっていたんです！　今回の視察だって、気付かれないように覗くつもりでしたし！」

バロールさんは一瞬動揺した様子を見せたが、すぐに取り繕うように言う。

「そんな話は聞いていなかったよ。それに最近は建物を建てるときにも必ず現場に顔を出していたから、契約していない人達にもなんとなく町の再建に関わっていることは伝わっていたと思う。それこそすでにロンダではテンマ君がテックスだという噂が流れ始めているし、隠す気がないのかと……」

おうふ、そんなことになっていたのか⁉

確かに忙しくて、研修施設を建てているときも、宿舎の内装工事をしに来ていた人達の横で魔術を使って作業をしていた。

忙しくて隠す余裕がなかった……というより隠すのが面倒になっていたのだ。

あれっ、これって俺がやっちゃったってことか!?

「わ、分かりました。し、仕方ない、よね?」

結局、自分が一番悪い気がしてしまい、諦めることにした。

バロールさんは苦笑いを浮かべ、溜息を吐いた。

俺は切り替えるように言う。

「そうと決まれば、早めに視察に向かいますか!」

こうして俺は、バロールさん達と地下の訓練場に向かうのだった。

◇　◇　◇　◇

訓練場に着くと、騎士団の面々はすでに騎士、獣人、見習いに分かれ、整列していた。

俺とバロールさん達は訓練場に設置されている、訓練指揮用の台に立つ。

……すごく視線を感じるぞ。

そう思っていると、バロールさんが一歩前に出て話し始める。

「今日はテックス導師が視察に来てくれた。まだ研修を始めて間もないが、その成果と心意気をお見せするのだ！」

「「おう!!」」

やたら気合の入った返事が聞こえる。

はい、熱血パターンですね。そういうの、苦手です！

っていうか、テックス導師って聞こえた気がするけど、大仰すぎない？

内心でツッコんでいると、バロールさんは続ける。

「さて、早速テックス導師に話をしてもらうわけだが……その前に忠告しておく。テックス導師の正体は、最高機密事項だ。契約魔法で話せないはずだが、念のため口外は一切禁止だと伝えておく。ではテックス導師、お願いします」

こんな感じで話をするなんて、聞いてないよぉーーーー！

俺は戸惑いながらも、どうにか口を開く。

「え〜と、私がテックスです」

これで終わりはダメかな？　いや、ダメそうだ。

期待の眼差しを注がれているので、俺は諦めてもう少し話すことにする。

「そこにいる人達は見習いですよね。あなた達が成人する頃には、町は驚くほど発展しているはず。すでにロンダの町が活気に満ちているのは、感じていると思います」

騎士見習いだけでなく、騎士や獣人も頷いている。

俺は続ける。

「将来この町を守るのは、君達です。きっとみんなはここにいる騎士より強くなるでしょう。研修は、レベルが低く若い頃からやった方が効果が出やすいので」

子供達は希望に満ちた顔をしているが、騎士は複雑な表情を浮かべた。

俺はそれを見ながら、言う。

「強くなるのは研修の大目標です。でも、それより重要なことがあるのだと、皆さんには伝えたい。一番大事なこと、それは培（つちか）った力をどう使うのかを学ぶこと。誰のために、なんのために力を揮（ふる）うのかをしっかり考えないで能力を高めても、力に振り回される人生を送ることになってしまうでしょう。それを肝（きも）に銘（めい）じて、鍛錬（たんれん）に励んでください」

騎士見習いの子供達は、真剣な顔で頷いてくれている。

それを確認してから、俺は獣人の方を見る。

「獣人は肉体的な能力が高いが、身体強化を使えないからという理由で、これまで基本的に騎士にはなれないと言われていましたね？」

獣人達は、悔（くや）しそうな表情で頷いている。

俺は続ける。

「しかし、この研修を経ることで、必ず身体強化を使えるようになります。そうなると話は全く変わる！　元々肉体的な能力が高い獣人ならば、かなり強くなれるはず――立派な騎士になれるはずです！」

獣人達の目つきが、ギラギラとしたものに変わった。

「そして、俺は獣人の精神性も騎士に向いていると考えています！　獣人は家族や仲間を大切にする種族です。あなた達は仲間を守るとき、いつも以上の力を発揮する。それは町を守る騎士に必要な素質でしょう。獣人とはどれほど素晴らしい種族なのか、この町に、この国に、この世界に示す先駆者となってください！」

「「うおおおおお！！！」」

俺の言葉を聞いて、獣人達が雄叫びを上げた。

これまでの話を通して、騎士見習いと獣人はすごく生き生きした目になった。

しかしそれとは対照的に、騎士達は驚くほど落ち込んでいる。

振り返ると、バロールさんや副団長二人も、悲しそうな表情をしていた。

下からの突き上げに、これまで活躍出来ないとされていた獣人の登用——それら二つが、元々町を守ってきた騎士達の立場を脅かす要素になると感じているからだ。

俺は騎士達の方を見て、口を開く。

「ここまでの話は、これまで町を守ってきた騎士の皆さんにとって辛い物だったと思います。ある程度レベルを上げてしまったが故に研修の成果が出にくい自分達は、お払い箱になってしまうのではないかと感じたんじゃないですか？　奥さんや娘が女性騎士団に入って、焦っている人もいるでしょうしね」

騎士は皆一様に、辛そうな顔で頷く。中には、下唇を思い切り噛みしめている者もいる。

俺はそんな彼らに言い放つ。

「ハッキリと言っておきます。私の研修を全員が同じようにこなした場合、レベルが低い人間ほど、最終的に高い能力を得るでしょう！」

それを聞いて、とうとう泣き始める人も出始めたが、俺は構わず続ける。

「でも勘違いしてはダメです！　確かに元々レベルの低い人間は、あっという間に成長していきます！　でも最後に大事になるのは、心の強さなんです！　何年もコツコツとやり通す気持ちと、家族を、町を、国を守ろうと思い続ける心の強さはあなた方が一番なはずだ！」

騎士達の目に希望が宿ったのを見て、俺は言う。

「あなた達にはこれまで持ち続けてきた騎士の誇りを、後に続く者に伝えてほしいんです！」

うん、騎士達も気合の入った目になったな。

そろそろ話をまとめよう。

「研修は、この町の、この国の――この世界の伝説になります！　一緒に伝説を創るぞおおおおお!!」

「「「うおおおおおお！！！」」」

先ほどの獣人の物とは比較にならないほど大きい、騎士達の雄叫びが響き渡った。

その熱は獣人や見習いにも伝播し、皆が大きな声で叫び出す。

バロールさん達も、涙を流しながら叫んでいる。

熱血なノリって嫌だなーって思っていたけど、なんか楽しくなってきたぞ!

◇　◇　◇　◇

男性騎士団の視察を終えたので、次は女性騎士団の視察に向かう。

女性騎士団の駐屯所も男性騎士団の駐屯所と構造はあまり変わらない。

地下にある訓練場へ行くと、女性騎士達が並んでいた。

意外なことにその数は、男性騎士団より明らかに多い。

俺は訓練指揮用の台に上がり、軽く挨拶してから、話し始める。

「これまで女というだけで、理不尽な扱いをされてきませんでしたか?」

ほとんどの女性が大きく頷くのを見て、更に問う。

「力が強い父親や兄弟などから、不当な目に遭わされたことはありませんか?」

またしても、大きな頷きが返ってくる。

予想以上に目がギラギラしていて、ちょっと怖い。

「研修を受ければ、そんな思いをすることはなくなるはずです!　ここの研修はレベルが低いほど成長が期待出来ますから。あなた達は間違いなく、男より強くなれます」

「「「わあああああ！！！」」」

甲高い叫び声が訓練場に木霊する。

熱くさせすぎたら危険かなーって思って、最後は静かに言い切ったんだけど、逆に真実味があるように聞こえてしまったのだろうか。

もしかして、家庭崩壊に繋がってしまうのではないかと、不安になる俺だった。

第19話　危険なバルドー

視察が終わってから、二日後。

ザンベルトさんからサポート役がロンダに到着したと、連絡が入った。

冒険者ギルドへ向かうと、そこには六十歳過ぎぐらいに見える老人がいた。

髪はほとんど白髪だが背筋は真っ直ぐ伸びていて、執事のようだ。

老人は腰を直角に折る。

「初めまして、テンマ様。私、バルドーと申します。仕事を手伝いに馳せ参じました」

「初めまして。わざわざ御足労いただき、ありがとうございます」

そう挨拶を交わしつつも鑑定してみると、ステータスが満遍なく高い。取得しているスキルもバランスが取れている。ただ、その中でも近接や暗殺系のスキルレベルが異常に高い。

これは、どういうことなんだ？ 会話の中で探ってみるか。

「以前はドロテアさんと一緒に冒険者をしていたんですよね？ ドロテアさんが辞めてからも、バルドーさんは冒険を続けていたんですか？」

「いいえ。ドロテア様が宮廷魔術師となってからは、国の諜報機関で仕事をしておりました」

「国のために情報収集をしていたんですか？」

俺の質問に、バルドーさんは優しく微笑みながら答える。

「いえいえ、どちらかと言うと暗殺の依頼が多かったですね。ドロテア様とともに参戦した戦争では、敵国の指揮官や大物貴族を何人も闇に葬りましたよ。はははははっ!!」

「ははははは……」

……えっと、笑って話す内容か？

俺は乾いた笑いを漏らすことしか出来なかった。

とはいえ、ドロテアさんに匹敵するほどの実力の持ち主だとしたら、かなりすごい。

そんな彼がなぜ手を貸してくれるのだろう？ ザンベルトさんからなんとなく理由は聞いたが、

それ以外にも国から依頼されたとか、何か理由があるのかな？

「それにしても、とても優秀なバルドーさんがなぜ、こんな若造のサポート役を引き受けてくださったんですか？」

「ザンベルトから、私でも苦労したドロテア様を手玉に取る人物がいると聞かされ、興味が湧いたんです」

ザンベルトさんからなんとなく聞いていた通りの答えだなぁなんて思っていると、彼は続ける。

「ただそれ以上に、ドロテア様が惚れた男を見たいと思ったんです」

え～と、誰から惚れられているって？

ドロテアさんからは常に子種が欲しいと言われているけど、惚れられているかは微妙な気がする。

俺は戸惑いながらも答える。

「そ、そうですか……それなら失望したんじゃないですか？　まさか成人したての若造だとは思わなかったでしょう」

「確かに私が予想していた人物像からはかけ離れていましたが、ドロテア様を手玉に取っているのは間違いないようですね。先ほど、ドロテア様の屋敷に顔を出したのですが、彼女から色々なお話を聞きましたよ。そして、自慢げに『これは、テンマから貰った物じゃ！』と兎の耳を付けて見せて下さいましたし」

そこまで言うとバルドーさんは声を低める。

「それに、先ほどから何度か気配を消してテンマ様の背後を取らせていただこうとしていたのですが、ついぞ隙を突くことが出来ませんでした。やはりテンマ様はすごい方です」

あれっ、先ほどからウロウロしていたのはそういう癖があるとかじゃなくて、気配を消して近づこうとしていたってことだったの？

そう考えていると、バルドーさんは腰を折る。

「正直、惚れてしまいました。必ずお役に立てると思いますので、私を雇っていただきたい」

同性に『人間的に惚れた』って言われる機会なんてなかなかないから、素直に嬉しいな。

それも、こんな優秀な人にそう思ってもらえるなんて光栄だ。

俺も頭を下げる。

「分かりました。よろしくお願いします」

「こちらこそよろしくお願いします。必要であれば添い寝などもいたしますので、いつでもお申しつけください」

ちょ、ちょっと待てぇぇぇぇい！

さっきの惚れたって、そういうこと⁉

「あ、あの、質問したいんですけど、男女ではどちらが、そのぉ……好きなんですか？」

バルドーさんは満面の笑みを浮かべる。

「私はどちらでも大丈夫ですので、ご安心ください」

安心出来るかぁぁぁぁぁぁぁ！

非常に危険な人物を雇ってしまったことに、遅まきながら気付く俺だった。

バルドーさんを雇って半月が経った。

この期間で、彼が驚くほど優秀なのだと思い知らされた。

雑務は一瞬で片付くし、やりたいことをしっかり整理してくれるから、無駄なことを考える必要がなくなったのだ。

それだけではない。なんと、ドロテアさんの夜這い攻撃が止んだのである。

『ドロテアさんを唯一制御していた人』という称号は伊達じゃないようだ。

ドロテアさんの暴走が見られないのは少し物足りないが、忙しい現状では非常に助かっている。

また、どこでも自宅の管理も彼に任せるようになった。

最初こそD研とどこでも自宅の両方に驚いていたが、すぐにどこに何があるのかなどを把握していて、すごかった。

そんなバルドーさんがD研とどこでも自宅以上に驚いていたのが、ハルの存在だった。

それでも、翌日にはしっかり掌で転がしていたのは、さすがとしか言いようがないが。

バルドーさんがD研において担ってくれているのは、日常生活に関することだけではない。ミーシャ達の訓練も見てくれているのだ。

その中でピピの潜在能力に惚れ込んで、『最高の暗殺者に育てる』と言われたときは困ってしまったけど。

そんな頼りになる彼にもいくつか……というか大きな問題がひとつあった。

それは彼が、俺を露骨にそういう目で見てくることだ。

少しでも油断すると背後を取って、尻を見てくるのだ。その度になんだかぞわりとさせられる。

最初の頃は、何度か一緒に風呂に入ったが、彼に背中を向けている時に何度も視線を感じた。

あからさまに何かを仕掛けてくることはないが、なんだかそういうねっとりしたアプローチを仕掛けられるのは心臓に悪いというか、なんというか……怖い。

彼は間違いなく優秀で頼りになる存在だが、危険な存在でもあるのだ。

ドロテアさんといい、元冒険者で活躍していた奴らってこんなんばっかなの!?

とはいえバルドーさんの協力もあり、ここ半月で商人向けの宿舎の建設や、騎士志望の冒険者用の仮屋の建設も終わった。

ロンダの町は今、かなり活気に満ちている。

第20話　さらなる改革

更にひと月が経過した。

俺はテックスの屋敷内に作ったバルドーさん専用の執務室でお茶を啜(すす)りながら、ここ一ヶ月を思い返す。


一ヶ月で、更に町の制度は変化した。

というのもロンダの景気が良くなり、たくさんの人がロンダに押し寄せてきたことにより、一時ロンダの治安は悪くなっていたのだ。

そこで嘘や犯罪歴を見抜くための魔道具を作り、各所に配置したり、騎士団の装備にスタンガン機能付きの警棒を提供したりすると、格段に治安が良くなった。

また、冒険者上がりの新規騎士が想像以上に早く戦力になってくれたのもありがたかった。

特に家庭を持つベテラン冒険者は、冒険者よりも安全に安定した働き方が出来る騎士の仕事に魅力を感じ、人生を懸ける覚悟で入団してきたので、かなり真面目に働いてくれるのだ。

そういうわけで、治安維持に関してはだいぶ整ってきたような体感がある。

加えて、ハルに教えてもらったダンジョンへの道が整備された。

その結果、契約魔法で契約した冒険者だけではあるが、ギルド管理の元、ダンジョンへ入れるようになった。

それによってダンジョンからの素材が冒険者ギルド経由でロンダの町に流れ、人が増えたことによって食料が不足する、という問題も解決したのだ。

そんなわけで、順調にロンダの改革は進んでいる。

加えて、バルドーさんからもあまり危険な視線を感じなくなった。

でも時々出かけては艶々になって、機嫌も良くなって帰ってくるのが気がかりで、ある日俺は気配遮断を使って後をつけてみた。すると、彼は男性騎士団の宿舎に消えていった。

バロールさんに確認すると、バルドーさんは頻繁に訓練の手伝いをしている、とのこと。

ただ、その後に仲良くなった研修参加者と部屋で話をしていると聞き……俺は考えることをやめた。

閑話休題。

そうそう、ドロテアさんも驚くほど真剣にロンダの改革に取り組んでくれている。

宮廷魔術師だった頃の伝手を使って優秀で真面目な魔術師や錬金術師に声を掛け、予想以上にたくさん有望な人材を集めてくれた。

そうして集まった魔術師や錬金術師にはつい一週間前から始まった、魔術や錬金術に関する研修に参加してもらっている。

しかし、悪意や敵意を持っている者が一人としていなかったのは不思議だ。

知識を盗んでくるようにと密命を受けてロンダを訪れる者がいても、おかしくないと思っていたんだけど……。

「もっと、ずる賢い人達が来ると思ったのに不思議だな」

思わずそう零すと、バルドーさんが言う。

「集まってくださった魔術師や錬金術師の方々のことですか？　そんなことをして、ドロテア様のご機嫌を損（そこ）なうようなことがあれば、家を潰されかねません。更にはテンマ様が岩塩を流通させたことで国同士の外交を有利に進められるようになりました。その岩塩はテックスが仕入れた物として流通していますし、テックスがドロテア様ではないかと考えている連中からすると、下手な工作をする方がリスキーだという判断なのでしょう」

なるほど……ここまで正確にこの世界の常識や社会情勢など教えてくれる人はそういない。

やはり、頼りになる人だ。

ちなみに魔術師向けの研修はまださほど進んでいないが、錬金術師の研修は順調に成果が出ている。

訓練用ポーションなどの量産も順調に進み、研修に参加する者に配る収納機能付きの指輪も、半分は研修に参加している者達が作製してくれている。

それほどまでにしっかり成果が出ているのは、休みもとらず彼らの教育をしてくれているドロテアさんのおかげだ。

これもバルドーさんがビシバシ仕事をするよう言ってくれている効果なのだろうか？

それとなく聞いてみると、バルドーさんは微笑む。

「それは必死になりますよ。この間、王都に行くとお話しされていましたよね？　それまでに後を任せる人間を育成しないと、置いていかれると危惧(きぐ)しているのです」

おうふ……あの人、そんなことを考えていたのか！

そう、俺がここまで急いでロンダの町の改革を進めてきたのは、もうすぐ王都に行こうと考えていたからだ。

そろそろミーシャは基本的な研修を終わらせ、実戦でレベルアップさせながら成長させるフェーズに入ってもいいだろうと感じている。

王都近郊には大小問わずいくつもダンジョンがあり、実戦を経験させるには、最高の環境だ。

ちょうどアーリンも王都の魔術学園に入学することになるので、それについていく形である。

俺も、折角この世界に来たからには色々な場所を巡りたいと思っていたしな。

それをドロテアさんにはイチ早く話していたのだが、まさかそれが仕事を頑張る理由になっているとは夢にも思わなかった。

「バルドーさんは王都からわざわざロンダに来てくれたんですよね。すぐに戻ることに不満はないですか？」

「テンマ様と働けるのであれば、場所など関係ありません。それに、王都にも騎士用の研修施設を造る予定なんですよね。腕が鳴ります」

なんだか邪（よこしま）な意図を感じないでもなかったが、それは口には出さないでおこう。

第21話　旅程

三日後、どこでも自宅にて。

今日の朝食の席には久しぶりにD研（どこ）メンバー全員とバルドーさん、ドロテアさんが揃っている。

ジジとシル、ハルは一緒にいることが多い。ジジは必ず俺に出来立ての朝食を振る舞ってくれるので、最近はほとんどそんな二人と二匹で一緒に朝食を摂っていた。

ミーシャとピピ、アーリンの訓練組は朝早くにパパッと朝食を摂り、訓練に出掛けてしまうし、バルドーさんは朝早くに艶々(つやつや)した顔で現れる。そしてドロテアさんは、忙しくてなかなか顔を出してくれないのだ。

しかし今日はあらかじめ『話したいことがあるから一緒に朝食を摂ろう』と提案しておいたため、この食卓が実現しているのだ。

朝食を食べ終わると、俺は切り出す。

「前から話していたと思うけど、そろそろ王都に向かおうと思う。急で悪いけど、明後日に出発するつもりだ」

ドロテアさんとアーリンが息を呑んだのが見える。

ドロテアさんはまだしも、アーリンはなんで驚いているんだ？

アーリンがアルベルト夫妻と一緒に王都に行くのは以前から決まっていたのに。

それに、俺には道中やるべきこともあるし……。

ひとまずそれについては置いておいて、ミーシャに話を振る。

「ミーシャはどうする？　今のミーシャなら半日で開拓村に戻れるだろうし、一度顔を出してきてもいいぞ」

「必要ない！　三日前にサーシャお姉ちゃんに、そろそろ王都に行くって話してある」

サーシャさんやランガは、十日毎にロンダに来るようになっていた。

以前までは行き来が大変だったが、道が整備され、その気になれば一日で往来出来るようになった。

その上ロンダが豊かになり、農作物が売れるようになったため、足しげく通うようになったのである。

俺は二人の娘であるメイちゃんに頻繁に会えるようになって、幸せだ。

出来ればメイちゃんを攫って王都に連れていきたいが……犯罪者にはなりたくない。

俺はそんなことを思いながら頷く。

「それなら後は、適当に出発まで過ごしてくれ」

「んっ、分かった」

ミーシャはたぶんロンダを出る直前まで、D研で訓練を続けるんだろうな。

さて、次はジジに話を聞くか。

彼女の方を向くと、ジジは自分から口を開く。

「私とピピも問題ありません」

予想通りの答えに安心する。

それにジジが自分から発言することが増えたのは、いいことだな。

『ハルはどうするんだ。森に帰るかい？』

『一緒に行くわよ！　私をこんな体にして、今更放り出すなんて許さないからね！』

ハルからはそんな返事を頂戴したが、俺は半眼を向けるだけで返事はしなかった。

一緒に行く意思は分かったが、その表現は誤解を生むからやめてほしい。

ただ、ハルは本当にお菓子や果物が好きすぎて、バルドーさんが管理しなければドロテア化しそうな勢いだ。

っていうか……少しデブったか⁉

ミーシャ達の訓練に参加させようかなぁ。

すると、アーリンが悲しげな声で尋ねてくる。

「先生、話を振ってくださらないということは、私は皆様とは別行動になるということでしょうか？」

「いや、アーリンはアルベルトさん達と一緒に王都へ行ってくれ。たぶん王都には同じぐらいに着くと思うし――って、ど、どうした⁉」

アーリンは、涙を流していた。

最近はミーシャ達との訓練を通して自立心が養（やしな）われ、大人っぽくなってきていたと思ったのだが……どういうことなんだ⁉

「やはりテンマ様はまだ怒っていて……私の罪はまだ許していただけていないということでしょうか？」

いやいやいや、それは違うよ!?

なんなら罰として科した訓練だって早い段階で、もう参加しなくていいって言ったじゃん！

「とっくに許すって言ったはずだけど……」

「では、なぜ私だけ仲間外れにするのでしょうか？」

そ、そういう誤解か……。

どう説明しようかと迷っていると、バルドーさんが口を開いた。

「私から説明しましょう。まず、アーリン様は貴族家のご令嬢という立場上、王都に向かわれる際に、途中の町などで関わりのある方々にご挨拶しなければなりませんよね？」

「そ、それは理解していますわ。でも先生もお父様達と一緒に王都に行くという手だってあるはずです！」

不満そうなアーリンを諭すように、バルドーさんが言う。

「王都へ向かうにはまずコーバルまで行き、そこからガロン川にかかる橋を渡っていく方法しかありません。しかし、そのルートは直線的でなく、時間がかかりすぎてしまいます。そのためロンダとラソーエを繋ぐ道と橋を新たに作ることが決まりました」

バルドーさんの話を聞き、アーリンだけでなくドロテアさんも驚きの表情を浮かべている。

ロンダ領の西と南には未開拓の森が広がっており、東にはガロン川がある。そして残る北は隣接するコーバル領に塞がれているのだ。

そのため開拓村以外の場所に移動する際には必ずコーバルを通らなければならない。しかしコーバルもそれを理解しているため、ロンダ側から門を通る際には高い通行料を支払わねばならないようにしていた。そのためにこれまで、ロンダの開発や開拓が遅れていたという背景がある。

ラソーエ領はガロン川の向こう側に位置しており、ロンダと王都を直線で結んだ際の、ちょうど中間辺りに位置している。

そのためロンダ領とラソーエ領を繋ぐ橋がかかれば、より交通の便が良くなる上に輸出もしやすくなるだろうということで、計画を秘(ひそ)かに進めていたのである。

「アーリンは俺が作った道を進む形で王都へ行くことになる。だから、俺らは少し早めに出なくちゃならないんだ。だけど王都には、ほぼ同じくらいに着くことになると思うよ」

「アーリン様はテンマ様が橋を作っている間に、ロンダの方々にご挨拶をしておくのがよろしいかと存じます」

バルドーさんの補足にアーリンはやっと納得したようで、頷いてくれた。

よし、これで問題は解決したな！

そう思っていると、ドロテアさんが元気に声を上げる。

「私は一緒に行くのじゃ！」

「ドロテア様も、アルベルトさんと一緒に来られては？」

バルドーさんのそんな提案に、ドロテアさんは不敵な笑みを浮かべて答える。

「橋を作る作業を誰がしたことにするのじゃ？　これをテックスの仕事だとしておくなら、テックスだと思われている私が一緒にいた方が良いのじゃ！」

「今更ドロテア様をテックスだと思ってもらう必要は、あまりないのでは？　どこかにテックスという賢者がいると思わせるだけでも良いのですから」

「いいや、私がテックスである可能性を残すことに意味があるのじゃ！　ロンダに唐突に賢者が現れ、開拓を始めたとするよりも、元々名の通っている私が改革に乗り出した、とする方が自然じゃからの！」

　おお、ドロテアさんが普通に理屈の通る話をしているぅ～。

　なんて思っていると、やはり彼女は突拍子もないことを言い出す。

「それに、テンマの貞操を守るためにも、私が一緒に行かないとダメじゃ！」

　なんでそこで、俺の貞操の話が出るんだよ！

「ドロテア様が一緒にいる方が、テンマ様の貞操が脅かされるのではないですか？」

「ふふふっ、ザンベルトから聞いておるぞ。バロールは気付いておらんらしいが、騎士の訓練と称してとんでもないことをしておるとのぅ」

「それはどういう意味でしょうか？」

「研修を受けている者達の何かを、奪ったのではないか？」

「分かったようなことを言わないでもらいたいですな。お互いが納得していたことを、奪ったと表現するのは、失礼ではありませんか？」

待て待て待て、待てぇーーーーーい！

そこらへんを具体的に話さないでほしい。

聞いたら夜、安心して眠れなくなるからぁーーーー！

俺は動揺する心をどうにか深呼吸一つで鎮めて、ゆったりとした口調で言う。

「待ってもらえますか。珍しくドロテアさんの話が正しいと思います。ドロテアさんにもついてきてもらいましょう」

ドロテアさんが「珍しく……」と悲しそうに呟いたが、無視無視！

とにかく、お互いに牽制し合ってくれた方が俺の何かは守られそうだよな……。

第22話　テラスとアンナ

ロンダを旅立つ前に、色々な人に挨拶をして回った。

この町では色々なことがあったが、基本的には良い思い出ばかりだ。

異世界の住民の考え方や、雰囲気……そして、自分の能力の高さも実感させられたな。

その結果、極端に能力や知識を隠して不便な生活をしようとは思わなくなった。

そういう意味でもここで過ごした日々は、確かに意味があるものだったのだろう。


最後に、テラス様の元へ挨拶に行くことにした。

この世界を満喫（まんきつ）させてもらっていることや、前世とは違い仲間や友達のような存在が出来たことに対する感謝を伝えられればと思ったのだ。

教会に到着して中に入ると、やはり誰もいない。

前回来たときと同じようにテラス様の像の前に進み、目を瞑って感謝の気持ちを伝えようとした瞬間、体がふわっと浮くような感覚がする。

目を開くと、テラス様が目の前に座っていた。

「久しぶりね、テンマ君」

俺は驚きの余り、思わず目をパチクリさせてしまう。

えっ、この前と全然違うじゃん！

前回会ったときも綺麗だと思ったが、今目の前にいるテラス様は、それとは比べ物にならない。

神々しく光り輝いているし、表情にも自信が溢れている。

それに俺の呼び方も変わっている！

前回は呼び捨てだったのに、今回は君付けだ。

戸惑いながらも俺は、どうにか返事する。

「お、お久しぶりです。この前より神々しくなったといいますか……、お綺麗になりましたね」

「ほほほほ、たくさんの女性を囲っているだけあって、テンマ君は女性を喜ばせるのが上手いのぉ～」

なんか喋り方おかしくない!? ドロテアさんみたいなんだけど。

そんなくだらないことを考えていると、テラス様は微笑み、言う。

「しかし、テンマ君はこの世界に大きな刺激を与えてくれているわねぇ。まさしくあなたは転換点だと感じるのぉ」

「いえ、あの研修で学んだことを生かそうと考えているだけですよ。研修システムが良く出来ていたからではないでしょうか」

「ありがとねぇ！ ほほほほほほ、本当にテンマ君と話していると楽しいわぁ」

いつの間にか扇子のような物を手に持ち、口に当てながら笑うテラス様。

空気が緩んだことで、テラス様の両隣りにそれぞれ一人ずつ、人なのか神なのか分からない何者かが立っているのに気付く。

テラス様の神々しさに目が眩み、今まで視界に入ってこなかったのだ。

片方は筋肉もりもりの獅子の獣人のような男。彼は目が合うとウインクしてきた。

バ、バルドー臭がする⁉
反対側に立っているのは、薄く青い肌が特徴的な、頭に角を生やした綺麗な女性。やる気のなさそうな表情であくびしながら尻をポリポリ掻いている。

なんだかこっちはハル臭がする⁉

言い知れぬ不安を感じていると、テラス様が少し真面目な表情になった。

「ところでテンマ君、ロンダを発展させて、国を興す気はない？」

はあ？　国を興す⁉

そんな面倒なことに興味はないし、町の改革だけで手一杯だ。

「あそこはただの辺境の町ですよ？　上手くいかないでしょう」

即座に断ると、テラス様のテンションが露骨に下がる。

なんだか神々しい光も少し弱くなったような？

「今はそうだけど、世界中に神託を出して協力させるから大丈夫よ。ロンダは確かに辺境だけど資源も豊富だし、近くにダンジョンもある。その気になれば国と呼べる規模に成長させられるんじゃないかしら」

神託を出すのはやめてくれぇ～！

チート能力がバレるだけならまだしも、神と繋がりがあるだなんて知られたら、厄介なことになるに違いない！

「いえ、お断りします！　……というか、何か国を興してほしい理由でもあるのですか？」

テラス様は、驚くほど動揺する。

「と、特に、り、理由なんかないわよ。ただ、テンマ君なら良い国を造ってくれるかなぁ～と、思っただけで……」

益々神々しさに翳りが見え、心なしか老けた気が……。

怪しい！　何か隠している？

疑いの眼差しで見つめると、テラス様の目が明らかに泳ぐ。

更に突っ込んで聞こうと口を開きかけたタイミングで、先にテラス様が話し始めた。

「ああ、そうだったわ。テンマ君の研修期間が約十五年になってしまっていた理由が分かったのよ！」

明らかに話を逸らすために、話題を変えたな……。

だが、創造神に盾つくと何をされるか分からない。ひとまず話を聞こう。

そう思っていると、獅子の獣人が一度部屋を出ていき、女性を一人連れて戻ってきた。

な、なんでこの女の人、メイド服を着せられて亀甲縛りされてんの⁉

すると、テラス様はその女性を指差し、言い放つ。

「すべての原因はこの娘だったのよ！」

俺は女性を改めて観察する。見た目は二十代後半のお姉さんっていう感じで、金色に輝く長い髪が眩しい。顔は整っているし、ドロテアさんにも負けないほど大きな胸は、メイド服越しでも存在を主張している。

ふむ、めちゃくちゃ素敵な女性じゃないか。でもどこかで見たことがあるような……。

「あっ、俺の転生の案内をした女神！」

「そう。彼女のミスでテンマ君は辛い思いをしたのよ」

それからテラス様は、更に詳しく説明してくれた。

あの研修施設は空間内の時間の流れを設定出来る仕様になっているらしいのだが、その設定を彼女が間違えたらしいのだ。

とはいえそれだけだったら、俺は三年で解放されたのだという。

彼女は更に転生させる処理も忘れ、結果十五年もの間研修させられることになってしまったのだそう。

所々歯切れが悪かったので、もしかしたらそれ以外にも何か話せない事情があるのか？

ミスした女神も一緒に話を聞いていたが、テラス様が話し終わっても謝罪するどころか反応すらしない。

それどころか……目が死んでいる!?

そんな女神を横目に、テラス様は言う。

「この子には罰として、テンマ君の眷属になってもらうことにしたわ」

「お断りします！」

俺は即答した。

断るに決まってるだろうがぁぁぁ！

見た目は綺麗だが、目が死んで碌に反応すらしない女性の面倒など見られるはずない。

それに彼女は見た目が綺麗でも性格が悪いのだと、俺はもう知っているのだ。

しかし、テラス様は折れない。

「待って、これはあの方が決めたことなの。私でも断ることが出来ないのよ！」

あの方って誰だよ！　そんな面倒そうなことに巻き込まないでくれ！

「テンマ君が死ぬまで扱き使っても良いのよ？　見た目も悪くないし、性奴隷として好きにして良いし！」

そんなことを言われても絶対に……って性奴隷!?

彼女がビクッと反応したのが見えた。

俺もテラス様の言葉に反応して、思わずもう一度彼女をじっくりと見てしまう。

……いやいや、ダメだ！　揺らぐんじゃない！

視線を感じて少し涙目になった彼女を見て、俺は心を落ち着ける。

しかし、俺の動揺に気付いたテラス様は、更に続ける。

「彼女はこれでも、創造神となるための修行を行っていた、優秀な子なのよ。テンマ君とこの子の子供なら、素晴らしい才能を宿すはず。それに、私でも断れないお方からの指示なのよ。テンマ君が断ると、この世界が消滅させられるかも……グスッ」

……最後のは明らかに嘘泣きだな。

俺は聞く。

「非常識な能力を持っていないでしょうね……？」

「それは大丈夫。下界に行けば、肉体は普通の人間と同じか、それより弱くなるわ。それに眷属は、主（あるじ）の命令には絶対に逆らえないわ。ふふふっ、好きな命令をしてかまわないのよ。あ、でも下界で彼女の身分を明かすのだけはダメよ」

俺は考える。

性奴隷云々（うんぬん）はさすがに考えから外すとして、彼女が逆らってこないというのは一つ安心材料ではある。性格が悪くとも、反発出来ないのであれば、やりようによってはさほど手間がかからないだろうし。

それに、テラス様が断れなかった時点で俺に拒否権があるのか、という問題もある。

……まぁ彼女に問題があったとしても、D研（どこ）で生活してもらえばいいか。

この世界が消滅させられたら困るし。

「分かりました。世界のためにその提案、呑みましょう！」

「そう！　良かったわぁ！」

「それで彼女の名前は？」

「えっ、眷属の名前は、主が付けるのよ」

ええっ！　ネーミングって、苦手なんだよなぁ〜！

え〜と、元々案内嬢だったから……アンナでいいかなぁ、でも……。

そう考えた瞬間に彼女の体が一瞬、ほんのり金色に輝いた。

え、これって名前が決まったってこと!?　やっちまったぁ〜！

そして次の瞬間、俺は教会の中にいた。

もっとテラス様に質問したかったのに、戻されてしまったようだ。

隣を見ると、アンナがこちらを睨みつけていた。

……やっぱり引き取らなきゃよかったかも。

第23話　旅立ち

教会からテックスの屋敷に戻ると、俺は白い目で見られることになった。

アンナを見て驚いたメイドさん達は一部蜘蛛の子を散らすように去っていってしまうし、それ以外も思いっきりひそひそ話をしているし。

執務室に行き、バルドーさんにアンナをどこでも自宅の専属メイドとして雇いたいと言うと、彼はにこやかに笑う。

「テンマ様もやはりそういった欲望がおありだったのですね。ジジやミーシャに手を出していないようだし、ドロテア様ともそういったことをしていないと聞いて、もしかしてお役に立てるのではないかと思っていたのですが……残念です」

ちがーーーーーう！　そういった欲望ってどういった意味だよ！

しかし、説明が難しい。

突然メイド服の女性を連れてくるのがおかしな話だっていうのは理解しているが、テラス様からアンナの身分を明かさぬよう言われている以上、下手に情報を明かせない。

帰ってくる前に考えておくべきだったぁー！

「ア、アンナは知り合いの紹介で仕方なく雇うことになっただけです！」

苦し紛れの言い訳に対して、バルドーさんは「ほう」と顎を擦る。

「ほう……では、お礼も兼ねてご挨拶しに行きたいので、紹介元を教えていただけますか？」

「そ、それは、必要ありません。この町の人間じゃないので！」

この町の人間どころか、なんなら人間ですらないわけだが……。

俺の言葉を聞いて、なぜかバルドーさんは考え込んでいる。

「……この町以外。それは……やはりテンマ様は……」

えっ、えっ、何？　何を考えているんですか！

バルドーさんは納得したようにふむふむ頷いている。しかし絶対正しい結論に行き着いたわけではないだろう。しかし、突っ込めば逆に色々質問されそうで、何も言えない。

数秒して、バルドーさんは言う。

「ふむ、ではお部屋はテンマ様と一緒でよろしいですね」

アンナさんがビクッと反応した。

俺は声を張り上げる。

「ちがーーーーう！　彼女には一人部屋を用意してあげてください。メイドの仕事も少しずつ覚えさせれば良いですから！」

アンナは相変わらず目が死んでおり、無表情。だが、なんとなくホッとしているのは分かった。

しかしバルドーさんは面白がるように聞いてくる。

「では、夜だけテンマ様の部屋に？」

「ちがーーーーう！」

そんなやり取りを何度か経て、バルドーさんはなんとかどこでも自宅専属のただのメイドとして雇うことを理解してくれた……と信じることにした。

ホッとしていると、今度はドロテアさんが奥様方やジジとアーリンを連れてやってきた。

ドロテアさんは、俺の顔を見るなり叫んだ。

「妾を連れてきたと聞いたぞ。見損なったのじゃ！」

「ちがーーーーーう！」


それから会議室に場所を移して、女性達による審問会が開かれた。

彼女達からの審問は、驚くほど緻密で厳しかった。

俺はすぐに言い訳を考えることを諦め、「アンナをどこでも自宅専属のただのメイドとして雇う。そしてみんなが考えているようなことはしない」と徹底的に言い張り続けた。

結局、みんなが納得はしていないようだが、それ以上の審問は諦めてくれた。

俺は最後にジジに言う。

「彼女のことはジジに任せるよ。本当に変な目的で雇ったわけではないから、安心してくれ」

「私はテンマ様のことを、信じています！」

うん、信じているならそんな涙目で言わないでほしい！

ひとまずこれでアンナを雇うことが決定した。そうと決まれば早速D研へ連れていこう。

そう思いながら、会議室から全員を送り出す。

すると最後に部屋を出ようとしたドロテアさんが、突然振り向いて抱きついてきた。

「久し振りに、私に溺れるのじゃ！」

彼女の胸に顔を埋めるような体勢……幸せだ。

でも、溺れるという言葉通り、呼吸が出来なくて苦しいよぉ～。

俺は呪いを発動する。

『頭痛（大）』

「ぎゃあああ～」

解放された俺は、何度も深く深呼吸する。

そして転げ回るドロテアさんをバルドーさんに任せて、D研に向かうのだった。

◇　◇　◇　◇

翌朝、出発の準備をするためにテックスの屋敷の玄関に向かう。

馬車を出そうと正面玄関から出ると、三十人近くの人達が屋敷の前にいた。

その中心には、バルドーさんがいる。

「皆さんは出発の際、屋敷にまでお見送りに来ないようにしてくださいね」

「「バルドー様ぁ」」

ほとんどが騎士と思われる男達だが……なんで順番に抱きしめながら、尻を撫でているのかな？

なぜかフツフツと怒りが込み上げてくる。別に男同士だろうとお互いが納得しているのであれば、他人があれこれ言うのは間違っているだろう。

しかし、この人数はありえない！

俺は前世もこの世界でも、誰ともそういったことをしていない。

それなのに昨日は女性達に責められたのだ。

むしろそういうことをしていないから、そういう扱いに関して重く受け止めてしまうのかもとは思うが、事態はそう簡単ではない。

娼館はこの世界でも合法だが、ジジがそれ関連で傷付いたこともあって行き辛い。

じゃあ身の回りの女性と恋仲になれば……とも思うが、現状それは厳しいだろう。

間違ってドロテアさんに手を出せば、色々な意味で人生が終わりそうで怖い。

前世の記憶のある俺には、二十歳にも満たないジジに手を出すのは抵抗があるし、ミーシャは年齢プラスアルファで研修にハマりすぎたせいで別世界の住人になってしまった。

ヘタレと言われればそれまでだけど、遠慮なく俺に仕事を振ってきたバルドーさんが、自分だけ楽しんでいるのはいかがなものだろうか！

怒りのあまり思わず拳を握りしめていると、俺に気付いたバルドーさんが声を掛けてきた。

「これはテンマ様、朝からお騒がせしてすみません。彼らがどうしても最後に挨拶したいというものですから」

いざバルドーさんを前にすると、怒りたい……のに、怒れない。

彼らとどんな関係か追及しても、共に訓練しただけの仲だと言われればそれまでだ。

しかもバルドーさんが、俺ほどではないにしてもかなりの量の仕事をこなしてくれているのは確か。男漁りにかまけて仕事をサボっているのならまだしも、そうでないのなら俺に怒る義理はないのだ。

それに、嫉妬しているなんて思われたくない！

そんなことを考えていると、騎士達から睨まれているのを感じる。

ダメだ、ここに俺の味方はいない。

必死に怒りを抑え、笑顔を作る。

「気にしなくても大丈夫です。馬車を用意しに来ただけですから」

「それでは馬車さえ出していただければ、後は私が準備しておきましょう」

「お願いします」

俺はそう言うと、アイテムボックスから自作の馬車を出す。

「お任せください」

なんだ、その勝ち誇った目は！

思わず心の中で、数百種類の呪いを付与した魔道具の設計図を思い描いてしまう俺だった。

◇　◇

朝食を食べ終わり、王都に向かうメンバーとテックスの屋敷の玄関へ向かう。

見送りにはたくさんの人達が来ていた。

俺はアルベルト夫妻やバロール夫妻、ザンベルト夫妻と挨拶を交わした。

それが終わったので、周囲を見る。

孤児院の院長や、彼女達を幼い頃から気にかけていたギルド職員のルカさんが、ジジとピピのお見送りに来ているな。

ミーシャの方を見ると、彼女の両親や姉であるサーシャさん一家がいる。

『連絡しなくても問題ない』とミーシャは言っていたが、しばらく顔が見られないだろうし……って思って昨日俺が連絡しておいたのだ。

メイちゃんが俺に気付いて、跳びついてきた。

俺が抱き止めて、ケモミミや尻尾をモフりまくる。

ランガが睨んでくるが、しばらくメイちゃんをモフれなくなるのだ。気にしている場合ではない！

目いっぱいメイちゃんを撫でていると、後ろから大きな歓声が聞こえる。

思わず振り返ると、輪の中心にはドロテアさんがいた。

ドロテアさんを取り囲む人のほとんどは笑顔だが、少し離れたところにいる男達は涙を流している。

あれはドロテアさんのファンクラブの連中だな。

彼らはドロテアさんを魔術師や錬金術師として尊敬しているだけでなく、まるでアイドルに憧(あこが)れるファンのように愛しているのだ。

ドロテアさんと仲がいい俺が面白くないらしく、何度か睨まれたこともあるし……。

少しして、ドロテアさんに縋るように泣きつき始める女性が一人。錬金術師ギルドの元サブマスターで、現ギルドマスターのカリアーナさんだ。

王都に行くのに際して、ドロテアさんが彼女をギルドマスターに任命したのだが、どうやらそれが不満らしい。

俺は魔術を使って盗(ぬす)み聞きする。

「ずるいです。ずるいです。私だけにすべてを押し付けて！　ドロテア様だけ幸せになるなんて許しませんよ！」

……不穏なセリフが聞こえたな。

「だから言ったではないか。私が子種をもらったら、必ずお主ももらえるようにすると！」

うん、不穏どころか、完全にダメな話だ！

「絶対、絶対、絶対ですよ!? 約束を守ってくれなかったら、一生恨みますよ!」

「大丈夫じゃ。一度体を許してもらえば、後はどうとでもなる。私を信用するのじゃ!」

はい、俺はこれであなたを完全に信用しないことを決めました。

これ以上話を聞きたくないので、盗み聞きをやめて、御者台に座っているバルドーさんの横に少し離れて座る。

すると、それを見てみんなも馬車に乗り込んできた。

でも、なんで客車の中じゃなくて上に乗ってるの?

確かに俺が作った客車は日向ぼっこ出来るように上に上れる仕様にはなっているが、いつもはみんな普通に中に入っているのに。

俺は手綱を握り、馬車を走らせる。

少し進むと、通り沿いにメイドさんや研修に参加していた人達がずらりと並び、手を振っているのが見える。

え～っと、パレードかな?

町の中央広場に入ると、広場は人で埋め尽くされていた。

これ、町中の人々が集まっていないか?

彼ら彼女らは俺らを見て、歓声を上げる。

俺らっていうより、馬車の上にいる女子達に対してって感じだな。

きっとこの間の生誕パーティで、ファンが出来たのだろう。

みんなが馬車の上に乗った理由が、遅まきながら理解出来た気がする。

そして、俺に対してはむしろ睨んでくる奴の方が多い。

最初はジジ達のファンなのかと思っていたのだが……彼らは隣のバルドーさんが手を振った瞬間、涙を流した。泣いている人の中には、騎士だけでなく普通の住民もいる。

アンタ、どんだけ毒牙にかけたんだよ！

そう思いながらバルドーさんを見るが、ウインクが返ってくるだけだった。

そんなことはあったが、これまで付き合いのあった人達もしっかり見送りに来てくれたのは嬉しかったな。

商品を開発する度に売り込みにいったカロン商会の長であるカロンさんとか、ランガの友達で一緒に飲み会をしたグストのパーティーメンバーとか。

門が近付いてくる。

俺はここでの日々を思い返しながら、ロンダの町に心の中で別れを告げた。

第24話　旅はのんびり行こう

馬車は現在、ラソーエへ向かう途中にある、ロンダ領内のレンカ村を目指して走っている。

レンカ村まで行くのに以前は二日かかっていたが、ロンダ領内の道を俺が土魔法で固めたおかげで馬車が走りやすくなり、一日で着くようになった。

この数ヶ月はバルドーさんから次々と仕事を割り振られて死にそうになっていたけど、その成果が見られて、感慨深い。

ちなみに今乗っているこの馬車も特別製で、重量軽減や振動軽減など複数の効果を付与しているため、驚くほど快適だ。

御者は俺とジジの二人で交代で務めることにした。

今は俺が手綱を握り、右にジジが座っている。

しかし、俺の左にはなぜかドロテアさんが座っている。

「馬車の旅は久しぶりじゃな」

ドロテアさんはそう話しながら腕を絡めてくる。

本当なら馬を御す邪魔になるので、文句を言うべきなのだが……ポ、ポヨンが当たっている!?

「私は馬車の旅が初めてなので、すごく楽しみですぅ」

ジジもそう言いながら、ドロテアさんに対抗するように腕を絡めてきた。

ジジのポヨンも、ポヨンポヨンだぁ！

思わず少し腰を引きつつ座り直していると、ドロテアさんがそれに気付いたのか、不敵な笑みを浮かべた。

俺は慌てて視線を前方に向ける。

ミーシャとシル、そしてハルが待ち構えているのが見える。

彼女達には、先行して進行方向にいる魔物を狩ってもらっていた。

これまでハルはずっとD研で過ごさせていたが、そろそろ外にも出してあげないと可哀想だと思ったのだ。

そんなハルはいち早く飛んでくると、文句を言う。

『なんで私に魔物の間引きなんかさせるのよ！』

『毎日飯だけ人の倍は食べる癖に、いつもゴロゴロしているだけだからかな？』

『そ、それは……家族なんだから養ってくれてもいいでしょ！』

いやいや、そんな理屈が通るはずないだろ！

俺は強い口調で言う。

『そんな家族なら要らないな！』

『私は情報を提供しているじゃない！』

『それに対する代価はデザートで支払っているだろ。それ以外の食事は別ですぅ。それに……』

『それに、それに何よ!?』

ハルの全身を下から上までじっくりと見る。

『ハルさんや、最初に会ったときより一回り横に大きくなってないかい？』

『なっ、なっ、なんて失礼なことをレディーに向かって言うのよぉーーーー！』

そんなこと言われてもね。

『うん、デブったよね！』

改めてそう言うと、ハルは俺に体当たりしてきた。

しかし、以前と比べて明らかに動きが鈍（にぶ）くなっている。

俺は片手でハルの顔を掴む。

『なにゅすりゅのりょー！（なにするのよー！）』

『昔の素敵なハルに戻ってほしいから、魔物の間引きをさせているんだよ』

俺の言葉を聞いて、ハルはもがくのを止めた。

手を離すと、ハルはもじもじしながら言う。

『す、素敵なんて……、仕方ないわねぇ、間引きぐらいしてあげるわよ』

ハルは本当にチョロい！

そんなやり取りをしていると、ミーシャが声をかけてくる。

馬車がミーシャとシルに追いついたのか。

「次はどっちに向かう？」

ミーシャは嬉しそうだなぁ。

相変わらず言葉足らずではあるが、明らかに声が弾んでいる。

横でシルも嬉しそうに尻尾を振っている。

これまでミーシャはD研の中でしか訓練をしていなかったから、外で魔物を狩るのが新鮮で、楽しくてしょうがないのだろう。

レベルを上げる前にステータスを伸ばすことで、より研修の効果が得られる。

そのためミーシャと一緒に行動するようになってからは、レベルが勝手に上がってしまわないように魔物を狩るのを禁じていたからな。

だがすでにドーピングで能力を上げるのにも限界が来たので、これからはレベルアップをさせることにしたのだ。

さて、これから森の中に突入する。

森の中に潜む魔物を魔術で探して——

『右手に、ホーンラビットが三匹いる。シルは左手に潜むフォレストウルフを一頭狩ってくれ』

『うん、わかった』

シルは元気よく返事をしてくれた。ミーシャはすでに森の中だ。

ただの村娘だったミーシャは、どこに向かっているんだろう……。

俺は続けて言う。

『ハルはシルの向かった森にいるホロホロ鳥を三羽獲ってきてね。失敗したら昼ごはん抜きだから、よろしく！』

『そ、そんなぁ～』

ハルは悲しそうな顔をしながら、重そうな体を引きずるようにして飛んでいく。

結局ハルはホロホロ鳥を一羽しか獲れず、ポテッた体で俺に土下座することになるのだった。

◇　◇　◇　◇

予定より早い昼前に、レンカ村までの中間地点である広場に到着した。

以前ここは何もない野営地だったのだが、道の整備をして通りかかった際に水飲み場を作ったり机や椅子を配置したりしてちゃんと休める場所にしたんだよな。

水飲み場の近くに馬車を止め、言う。

「ジジとミーシャは馬を馬車から外して水を飲ませてやってくれ。俺はピピ達を呼んでくる」

「分かりました」

「分かった」

さて、その間にD研の中に、アンナと訓練に励んでいるピピとバルドーさんを呼びに行くか。

そう思って振り返ると、シルが広場でハルを追いかけて遊び始めていた。

こういうほのぼのした時間もいいなぁ。

馬車の中に入り、荷台でD研を開き、訓練場まで行く。

「ピピ！　バルドーさん！　お昼にするから訓練を切り上げてください！」

「はーい！」

「かしこまりました」

ピピとバルドーさんはそう言って、片づけを始めた。

念話を使って、アンナにも連絡する。

『アンナ、昼食にするからD研の出口まで来てくれ』

『分かりました』

やはり彼女の口調は冷たい。

たまに感情を表に出すときもあるが、それは決まって俺のことを警戒するように睨みつけるときだけだ。

彼女を眷属にしたのはやはり失敗だったな。

ただ、彼女の扱いをどうするかはさておき、一度きちんと話をしないとならない。

綺麗な女性と二人っきりで会話するスキルは持っていないので、考えれば考えるほど気が重くなるけれど。

そう考えているうちに近くまで来ていたピピが、元気に言う。

「お兄ちゃんお待たせ！」

俺はウサ耳ごとピピの頭を撫でる。

うんうん、ウサ耳の感触は良いなぁ～。

ピピは嬉しそうに胸に子ウサギを抱えたまま、俺に撫でられている。

……って、子ウサギ？

「ピピ、その子ウサギはどうしたの？」

「ピョン子は私の妹なの。だから一緒にご飯を食べるの！」

そんなウルウルした目で言われては、断れない。

だけど、いつの間にそんな子を捕まえてきたんだ？　妹って何？

ピョン子とピピを鑑定してみると……テイムしとるやんけぇーーーー！

驚いている俺に、バルドーさんが説明してくれる。

「テンマ様、一緒に訓練していたホーンラビットのピョン吉が少し前に上位種に成長しました。その後、ピョン子を産んだのでございます。訓練の合間にピピが名前を付けて可愛がっていたら、テイム出来てしまったそうで」

ピョン吉？　上位種に成長？　オスが出産？

言いたいことや聞きたいことがたくさんある。だってそもそもピョン吉を知らないのだ。

でも心配そうに俺の事を上目遣いで見てくるピピに、何かを言えるわけもなく……。

「ピョン子にも家族の印を作らないとな」

ピョン子の頭を撫でながらそう言うと、ピピが抱きついてきた。

「お兄ちゃん大好きぃ～」

その言葉が、俺の頭の中でリフレインする。

細かいことは、どうでもいっかぁ～。

でもピョン子はなんで、俺の指を齧っているんだ。

ステータスが高いおかげで痛みを感じないが、じゃれてる感じではないことくらいは分かる。

「ピョン子もお兄ちゃんのことを大好きみたいだねぇ～」

ピピ、それは絶対に違うよ！

俺のことを大好きなら、こんな敵意の籠った目をしない！

なんとなく嫌な気持ちになっていると、アンナもやってきた。

「お待たせしました」

俺ら四人は一緒にD研を出る。

その際にもアンナはずっと俺に警戒心の籠った視線を向けてきていたが、気にしたら負けだ。

第25話　そんな事になってるの？

ロンダの町ではほとんど食事はD研内で済ませていたが、今回の旅では出来るだけD研の外で過ごそうと考えている。

旅に出たのにD研で過ごしていては、折角の異世界を楽しめないからな。

それに、旅っぽいこともしてみたい！

というわけで、いつもはジジに任せている食事の支度もみんなでしようということになっていた。

なのに――

「なんでドロテアさんは座っているんですか？」

「私は冒険者時代に食事の準備なんて飽きるほどやったのじゃ！　そして、もうそんな面倒なことをしなくても済むよう、今の地位を手に入れたのじゃ！　今更雑用なんかしてられないのじゃ！」

まあ、普通の旅をしたいってのは俺のわがままだし、ドロテアさんに手伝ってもらうと逆に面倒になりそうなので構わないか。

アンナがメイドらしくドロテアさんにお茶を用意しているのを横目に見ながら、俺はホーンラビットの肉を串打ちしていく。

それが終わると、ミーシャが串を焼き始めた。

ジジがスープを作り、ピピが皿を並べる。

シルとハルは串焼きを作るミーシャの横で、涎を垂らしながら尻尾をブンブン振っている。

バルドーさんはドロテアさんとお茶を飲みながら指示をしているだけだったが、その様はあまりにも堂に入っていて、文句を言えなかった。

まあ、みんなで準備するのは楽しいから、なんで休んでいるんだ！　とも思わないし、いいや。

昼食の準備が終わる頃には、広場には他の馬車もやって来ていた。

俺達を見て、驚いた顔をしているのはなんで？


ともあれ、食事の支度は十五分もしないうちに終わった。

みんなで手を合わせて食べ始めたのだが……うん、いつもと違う場所で食べるだけでご飯が美味しく感じる！

それからはみんな夢中で食べ進めていたのだが、食事が始まって少しして、ピピが言う。

「お兄ちゃん、ピピもミーシャお姉ちゃんみたいに魔物を狩りたい！」

ピピもこの辺りの魔物なら余裕で倒せそうだな。でもピピには成人するまでレベルアップさせたくない。

「ピピはもう少し大人になるまで我慢しような」

ピピは頬を膨らませて不満そうにするが、それすら可愛い。

すると、バルドーさんが嬉しそうに会話に入ってきた。

「ピピには、まず私のすべてを教えようと思っています」

ピピはバルドーさんとの訓練を楽しんでいる。

俺は最初ピピを斥候として育てようとしていた。しかしバルドーさんの訓練では、暗殺者や密偵になるのに必要なスキルを育てているようだ。

百戦錬磨のバルドーさんからしても、ピピはかなり有望だという評価なんだそう。

だけど、すべてを教える……か。頼むからピピを穢さないでほしい……。

俺はそう思いつつ、視線を逸らす。

すると、ミーシャがピョン子に「ピョン子、これも食べていいよ」なんて言いながらホーンラビットの串焼きを差し出しているところだった。ピョン子はそれに、喜んで齧りついている。

え〜と、それは共食いにならないのかな？

しかし、周りの誰も気にもしていない。そう言えばシルもフォレストウルフのジャーキーを普通に食べていたし、魔物の世界ではこれが普通なのかも。

っていうかそんなことより、確認しておきたいことがある。

「そうそう、ミーシャはピョン子がピピの従魔だって知っていた？」

「うん、知っているよ。私にも従魔、いるし」

なんですとぉーーー!?

そんなこと一度も聞いていていない。

驚いていると、またしてもバルドーさんが説明してくれる。

「D研で、ワイルドコッコを放し飼いにしていますよね？」

俺はワイルドコッコの卵を定期的に買い、その中で有精卵を見つけると、魔力を流して孵化させてD研内に放っている。

外敵もいない上、森の中で食料も調達出来るしな。

俺が頷くと、バルドーさんは顎に手をやる。

「ワイルドコッコにとって恵まれた環境なのでしょう、通常より早く成長しています。訓練でワイルドコッコのいるエリアに足を踏み入れたら、群れに襲われましてねぇ……しかも意外なことに、統制の取れた攻撃をしてくるのです。良い訓練になるということで、最近は頻繁にワイルドコッコ相手に訓練を行っていたんです」

ピピを見ると、楽しそうに頷いている。ピピも一緒に行ったのね。

バルドーさんは続ける。

「群れの中でも一番強いまとめ役を、徹底的に叩きのめしてはポーションで治し……というのをミーシャさんは何度も繰り返していました。そのうち、そのワイルドコッコはミーシャさんに懐き、気付けば従魔になっていたのです」

ミーシャは、ドヤ顔をする。

「ロンガは私の従魔！」

なんか名前がランガみたいで嫌だなぁ。

「ロンガは自分を強いと思っているお調子者」

本当にランガみたいじゃん！

「メスには扱き使われている」

間違いない。ロンガの名前はランガから取ったな。

「私も話を聞いて、ピョン吉をテイムして従魔にしたのじゃ！」

ドロテアさんが突然のカミングアウト！

しかし、ミーシャが眉を顰めて言う。

「でも、あれは可哀想……」

バルドーさんも苦笑いを浮かべた。

「そうですなぁ。『私の従魔になれ！』という言葉を無視されたドロテア様が複数属性の魔力玉を展開して、『従魔にならぬと全部ぶつけるのじゃ！』と言い出したときは、さすがにピョン吉が可哀想でしたなぁ」

あんたは何をやっているんだぁーーー！　大人気なさすぎるだろ！

「従魔に出来れば問題ないのじゃ。それよりピョン子に家族の印を作るなら、ピョン吉の分も頼むのじゃ」

「ロンガの分もよろしく」

俺は想定外の事態に、溜息を吐く他なかった。


食事が終わるとアンナとジジが皿を片付け、お茶を用意してくれた。

知らないところで色々なことが起きていたと知り、俺はお茶を飲みながら気持ちの整理をする。

少しして、商人と思しき恰幅の良い中年の男と従者の男の二人組が近づいてきた。

その後ろには、護衛として雇ったであろう冒険者二人が立っている。

商人は、バルドーさんに向かって頭を下げる。

「ご歓談中に申し訳ありません。私は王都のベニスカ商会の番頭を務める、チロルと申します」

それを聞いて、ドロテアさんが話に割り込んでくる。

「何か用か？」

それを聞くと商人――チロルはこめかみをピクピクさせ、従者の男は顔を真っ赤にする。

……怒っているのか？

しかし商人はすぐに胡散臭い笑みを浮かべ、聞いてくる。

「そちらにいるのは、ピクシードラゴンでしょうか？」

やはりハルは目立っていたのか。

さっき他の客からの視線を感じたのも、そういうことかな。

こんなことになるなら、姿隠しのスキルを発動するよう言っておくんだった。

とはいえ当然商人にハルを売り渡すつもりはない。

それを知っているドロテアさんは、強い口調で言う。

「それについて答える気はないのじゃ！」

「女が口を出すんじゃない！」

そうドロテアさんを怒鳴りつけたのは、従者の男だった。

ドロテアさんが座っている席は、一番上座に当たる席だ。

それを見て、この中で一番偉いかも、とか思わないのかなぁ。

「よしなさい！　大変失礼しました。改めてになりますが、私は王都で一番の商会であるベニスカ商会の番頭です。そちらのピクシードラゴンを売っていただけるなら、金銭をお渡しするだけでなく、高位の貴族や有力者にもご紹介しましょう。更に更に！　そちらの白いウルフ系の魔物も高額で買い取ります。いかがでしょうか？」

ジジの叔父であるシャムロックといい、こいつらといい、商人ってなんでこう相手を下に見た発言をしてくるわけ？

俺が呆れていると、ドロテアさんは怒鳴る。

「ふざけたことを申すな！　失礼にもほどがある！　それに、そもそもこの子らはそこにおるテンマの家族じゃ！」

え〜と、ドロテアさん。俺に振らないでくれますかねぇ。

チロルは手もみをしながらこちらに話しかけてくる。

「あなたがテンマさんですね。どうですか？　見たこともない大金をご用意しますよ」

「ぶふうっ」

バルドーさん、噴き出していないでフォローしてくださいよ。

確かにこんな商人に用意出来る金額なんてたかが知れているなーとは思ったけどさぁ。

俺は言う。

「お断りします！」

「お金だけでなく、もし仕官をお望みなら高位の貴族を紹介――」

「「ぶふうっ」」

バルドーさんだけでなく、みんなが噴き出した。

「お前達！　無礼も大概にしないと、タダでは済まさんぞ！」

従者の男がまた怒鳴った。

「ほほう、それはどういう意味じゃ？」

ドロテアさんがそう聞くのに合わせるように、俺以外の全員が立ち上がる。

それを見て剣呑（けんのん）な雰囲気を感じ取ったのだろう、商人の護衛二人が剣に手を添えた――が、彼らは喉元にナイフを突き付けられ、固まってしまう。

ナイフを突きつけているのは、バルドーさんと、ピピだった。

二人は一瞬で護衛の背後を取ったのだ。

ミーシャがピピに出遅れたことに対して、悔しそうな表情をしているのも見える。

……いつからこんな物騒な集団になってしまったんだ。

バルドーさんが言う。

「剣に手をかけたということは、我々とやり合う意志があると捉えてもよいのですか？」

「こんなことをして……そちらこそ、我々と敵対しようと考えているんだろう！」

「お、お待ちください！　お前はさっきから勝手なことを言うんじゃない！」

またしても怒鳴る従者の男を、チロルが叱った。

それを見てバルドーさんが笑う。

「ふふふ……チロル君も、随分偉くなったみたいですねぇ」

バルドーさんは相手を知っている？

チロルは、改めてバルドーさんの顔を見た。

そして、すぐに目を大きく見開き、呟く。

「もしや……バ、バル、バルドー、様」

「ええ、そうですよ。ドロテア様に武器を向けるとは……ベニスカ商会も終わりですねぇ」

「「ドロテア様!?」」

チロルと従者の男は、声を揃えて叫んだ。

二人は土下座する。

「「申し訳ありません!」」

その後も必死に商会を取り潰さないでくれとか、命だけはとか……みっともなく許しを請うてきた。

まるでこっちが悪者みたいだ。

それにしても、チロル達は確かに失礼なことを言ったが、ここまで過激な対応が必要だったのかな?

この旅で一番警戒しないといけないのは、仲間達なのかも……。

第26話　どうしてこうなったぁー！

広場には土下座して許しを請うベニスカ商会の一行……だけでなく、跪いて頭を下げる他の商会や護衛の冒険者達もいる。

他の商会も先ほどの騒ぎを遠巻きに見ていて、『自分達もピクシードラゴンに関する商談を持ちかけようと、じろじろ眺めていました！』と反省して……もとい怯えて謝ってきた形である。

どうしてこうなったぁーーー！

愕然とする俺を後目に、ドロテアさんは胸を張り、満足げにその光景を眺めている。

ドロテアさん、アンタはどこぞの時代劇のご老公か！

そうなるとバルドーさんは風車形の武器を使う忍者。ピピがくノ一？　……色気はないけど可愛さなら合格だな。

そうなるとミーシャが剣が得意な方の主人公の側近で、俺が印籠を出す係!?

ハルは間違いなくうっかりなあいつ。食いしん坊でトラブルを引き寄せるからな。

そしてジジは旅に同行するお姫様で、アンナはそのお付きになる。

って現実逃避をしている場合ではなーーーい！

俺は手を上げながら、ドロテアさんの前に出る。

「待て待て待てぇーい！」

あっ、さっき考えていたことに引っ張られて、時代劇っぽい感じになってしまった！

恥ずかしさのあまり、頬が熱くなっているのが分かる。

「なんじゃ、テンマ？」

聞き返してきたドロテアさんに、俺は言う。

「なんでこんなことになってるんですか！」

「それは彼らに問題があったからです」

くそ……バルドーさんならもう少し冷静な対応をしてくれると思っていたのにぃ！

「問題って、そこの従者が偉そうにしただけでしょう？　それがなんでこんな結果になっているんですか！」

俺がそう言うと、バルドーさんもさすがに苦笑いを浮かべる。

しかし、ドロテアさんは口を尖らせた。

「そこのチロルも、偉そうだったではないか」

「いやいや、ドロテアさんの身分を分かっていなかったからでしょ」

「どんな理由があっても、私の大切なはんぎゃーーーー！」

はぁ～、ドロテアさん、伴侶（はんりょ）って言おうとしたでしょ……。

実は子種とか旦那、伴侶など男女関係に関する言葉をまるっと禁止ワードに設定して、言ったら罰が与えられるよう契約することを条件に、ドロテアさんを旅に連れていくことになったのだ。

まだ旅に出て半日しか経ってないのに……。

頭を抱えて転がるドロテアさんに、商人の方々はドン引きしているようだ。

俺は咳払いして、口を開く。

「俺も少しカチンときましたけど、商売の交渉なんだから、断れば済む話ですよ」

すると、思わぬところから声が上がる。

「武器に手を掛けた」

ミーシャさん、いつからそんなに好戦的になったの!?

「話し相手が突然立ち上がって威圧してきたら、護衛は武器に手を掛けるぐらいするんじゃない？」

「まあ、確かにそうですなぁ」

バルドーさんはそう同意してくれたが、一転、従者の男に厳しい目を向ける。

「ですが、そちらの男の態度は許せません」

まあ、確かに彼の発言は行きすぎていた。

「では彼の責任だけチロルさんに取ってもらいましょう。チロルさんの態度に関しては、彼を窘めていたのと相殺する形で不問にします」

「テンマ様がそう言うのであれば、私はそれで問題ありません」

「私もテンマが良いのであれば、構わないのじゃ」

バルドーさんとドロテアさんが納得してくれたので、俺はチロルさんの方を向く。

「チロルさん、それでよろしいですね？」

「もちろんでございます。お詫びの品として、馬車に積んでいる中でお好きな物を差し上げます。なのでどうか、どうか、よしなに！」

チロルは涙を浮かべながら、必死に俺に頭を下げてくる。

さすがに可哀想なので、俺は断ろうと――

「そうか、何があるのじゃ？」

俺は、現金なドロテアさんを睨みつける。

「お詫びの品は必要ありません！　その代わりロンダで少しでも安く商品を卸してあげてください」

ドロテアさんは少し不満そうだが、ロンダのためになるということで折り合いをつけたようだ。

さて、これでこの問題は解決だ。

俺は大きな声で言う。

「みなさーん、お騒がせしてすみませんでした。我々のことは気にせず、普通に過ごしてくださーい！」

跪いていた人達は俺の言葉を聞いて、周りの様子を窺いながら立ち上がり、会釈してから自分達の馬車に戻っていく。

どうにか穏便に収まってよかった……。

そう思っていると、チロルが俺の方に近づいてきた。その目には涙すら浮かんでいる。

「テンマ様、先ほどは失礼な態度を取ってしまい、申し訳ございませんでした！　テンマ様に仲裁していただけなかったらベニスカ商会は……ズズッ」

「いえいえ……俺は何もしていませんよ」

ともかく、泣くのは勘弁してもらいたい。

そう思いながらチロルを宥めていると、彼の後ろでバルドーさんが、冒険者と話しているのが目に入った。

なんとなく気になってしまい、チロルを宥め続けながらも盗み聞きする。

「バルドー様、王都で何度かお見掛けしており、憧れておりました。そのバルドー様に、気付いていなかったとはいえ、武器を向けてしまうなんて……」

涙を流しながら悔しそうに言う冒険者の肩に手を置き、バルドーさんは優しい声で言う。

「いえいえ、むしろ良い反応でしたよ。自信を持ちなさい」

冒険者の男は頬を赤く染め、バルドーさんを見つめている。

……いや、落ちるの早すぎだろ！

「我々は王都に行きますが、いずれまた会えると良いですねぇ」

これ以上聞いてはいけない。

俺は盗み聞きをやめた。

そんなタイミングで、ようやく泣き止んだチロルが言う。

「テンマ様、王都に来られましたらベニスカ商会にお寄りください。全力で歓待させていただきます」

そういうことはデブオヤジでなく、綺麗なお姉さんに言われたいな、なんて失礼なことを考えてしまう俺だった。

食事の片づけが終わり、ミーシャとバルドーさんが馬車に馬を繋いでいる。

俺はその間にピピを呼ぶ。

やってきたピピにしゃがんで目線を合わせ、口を開く。

「ピピ、いきなり護衛にナイフを突きつけるなんていう危ないことは、今後しないようにね。お兄ちゃん、驚いちゃったよ」

「あれぐらい簡単だから、だいじょうぶ！」

「でも、そのナイフは訓練用だから、切れないよね。相手が抵抗したらやられちゃうでしょ」

「あっ、わすれてた！」

あっけらかんと言うピピにずっこけそうになりながらも、俺は言う。

「ピピが怪我したらお兄ちゃん、悲しいからね。気を付けるんだよ」

「うん、分かった！」

不安になるくらい、明るい返事だ。

それにしてもバルドーさんは、ピピにどんな訓練をしているんだ……。

ともあれ、もう一人説教しなきゃいけない相手がいる。

俺は今しがた馬を繋ぎ終えたミーシャを呼ぶ。

「さっき武器を持って戦おうとしてたよね？」

「悪い奴は斬る。当たり前！」

「まさかその剣で斬りつけようとしたのかな？」

「うん、もちろん！」

何がもちろんじゃぁー！

「相手を真っ二つにするつもりだったの？」

「それはない。相手も防御する」

「相手が剣で防御しても、その実戦用の剣は斬れ味がいいから、防御ごと両断しちゃうよ？」

ミーシャは驚いた顔で、剣を鞘から出して眺める。

「そこの木を斬ってごらん」

俺はそう言って、すぐそこにある、直径二十センチぐらいの木を指差す。

ミーシャは少し戸惑っているようだ。

これくらいのサイズの物を斬るのは、熟練の剣士でも難しいとされている。

だが、この剣は特別製だ。

ミーシャが身を守れるようにと、かつて様々な付与をして作った代物である。

俺が目で促すと、ミーシャは気合を入れて剣を振りかぶり、斜めに振り下ろした。

木の上部がずり落ち、横に倒れた。

斬った当人であるミーシャは、驚いた顔をして固まっている。

「簡単に斬れるだろ？」

そう俺が聞くと、ミーシャは嬉しそうに頷く。

「手応えが全くなかった！」

うん、やはりミーシャ自身が強くなってしまったことも相まって、桁外れな威力が出せるようになってしまったらしい。

すると、それを見ていたドロテアさんとバルドーさんが声を上げる。

「おお、ミーシャもなかなかじゃな」

「ふむ、ここまでとは……」

周りの人達も驚いている……というよりドン引きしている。

俺は言う。

「と、まぁこういう感じになってしまうわけです。ドロテアさんとバルドーさんもあまり派手なことをしないでくださいね？」

「少し傲慢（ごうまん）な態度だったから、軽く脅しただけじゃ」

「ええ、私も本当に商会を潰すようなことはしませんから、ご安心ください」

全くもって安心出来ないな……。

第27話　コーバルの策略

広場を出発する前に馬車の中でD研（どこ）を開き、ドロテアさんとバルドーさん、ピピとアンナを中に入れる。

ハルも入ろうとしたが、尻尾を掴んで阻止してやった。

サボらせないからな？

ジジが手綱を握り、馬車を出発させると、ベニスカ商会の連中が跪いたまま見送ってくれる。

勘弁してくれぇ～。

午前中と同じようにミーシャ達に魔物の間引きをしてもらいながら、ジジと並んで馬車に揺られる。

「バルドーさんも、ドロテアさんを抑えてほしいものだよ……」

俺がそう零すと、ジジはにこっと笑って言う。

「でもドロテア様は無茶苦茶(むちゃくちゃ)しているようで、ちゃんと考えていると思います。今回の件を経て彼らは今後、無茶な交渉をしなくなるはずです。だからバルドーさんも止めなかったんじゃないでしょうか？」

う～ん、ドロテアさんがそこまで考えていたと思わないけど……。

しかし、結果的にはジジの言う通りになるのか。

「そっか。まあ少し焦ったけど、揉(も)め事も旅の醍醐(だいご)味だと考えるしかないよね」

「そうですねぇ～」

ジジと二人でほのぼの会話していると、本当にさっきのことがどうでもよくなっていくから不思議だ。


日が暮れようかという頃に、レンカ村が見えてきた。

この村はロンダ領を今後発展させる上でも重要な場所だ。

そのため、つい最近までバルドーさんの指示で俺が村ごと改良をしていた。

石造りの外壁で囲み、ロンダ領の行政の出張所や兵舎、商業ギルドや冒険者ギルドの仮支部を作ったり、敷地を四倍ほどにしたり……。

だから村というより今は町と呼ぶ方が正確なくらいの規模になっている。

ゆくゆくは、ここを領外へ販売する塩や特産品を扱う商業中心の場所にして、ロンダの町は研修を行うための場所にするんだとか。

馬車を一度止めてみんなをD研から出す。そして検問を受けるべく門へと馬車を向かわせる。

予想以上に門に人が並んでいるぞ……。

ざっと眺めている限り、商人が多いような気がする。

やがて、門が近くなると、辺りが騒々しいことに気付く。

外に出て様子を窺うと、門兵に兵士五人が何か訴えているのだと分かる。

その男達は結局、強引に町の中に入っていってしまった。

門兵は諦めた表情をして、検問に戻った。

……どういうことだ？　門兵が通したってことは問題はないのか？　あとで聞いてみよう。

三十分ほどで、順番が回ってきた。

馬車を止め、全員が下りた。

バルドーさんが兵士に声をかける。

「皆さん、お疲れ様です」

「バ、バルドー様！」

兵士達は驚きの声を上げた。

門兵は三人いるのだが、そのうち若干一名頬が赤い気がする。

……いや、気のせいだ。そうに違いない。

俺はバルドーさんの横に並び、聞く。

「先ほど揉めていたのは、なんだったんです？」

「あれは……」

門兵の中でも一番年配であろう男——リーダーなのだろう——が、説明してくれる。

レンカ村はロンダとコーバル、ラソーエの中心あたりに位置している。ここから三十分ほどの距離にコーバルの領地がある。

現在コーバルではロンダ領との領境に小さな砦（とりで）を建築中。その作業を担当している護衛の兵士が、よくこの町を訪れるらしい。

コーバルの兵士は自分達が子爵家の兵士であるために、准男爵家のロンダの兵士をバカにして、横暴な態度で振る舞うので、迷惑しているのだとか。

「先ほども身分証の提示を求めたのですが、それすらも出してくれず……」

リーダーの男がそう話を閉じた。

「なるほど、そういうことだったんですね……」

そう口にしながら、俺はどうするべきか考える。

確かに彼らの振る舞いは問題だ。

ただ、以前俺らはコーバル領主の嫡男であったシービックを懲らしめた。

これ以上刺激するのはやや危険な気がする。

それに、さすがにこういった問題に対してはロンダの領主であるアルベルトさんにも陳情が上がっているはずだし、下手に俺が対処すると角が立ってしまいそうだ。

俺は振り返って言う。

「というわけで今この村は少し繊細な状態にあります。みんな……特にバルドーさん、ドロテアさん、絶対にコーバルの兵士と揉めないようにしてくださいよ！」

ドロテアさんは頷いてくれているが……なんで嬉しそうなの？

不安だし、念押ししてみるか。

「ドロテアさん！　本当にダメですよ。分かってますか？」

「分かっておるのじゃ。前にテンマが話していた、『フリ』って奴じゃろう？」

フリじゃなーーーーーい！

以前『俺のかつて住んでいた地域ではダメだって何度も念押しされた場合、それはやれという意味だったんです』ってふざけて教えたことがあった気がするけど……今はそうじゃないの！

なんで変なことだけ覚えているのかなぁ。

「今回はそうじゃないんです！　絶対にダメですよ！　一日に何回揉め事を起こすんですか！」

「それもフリ――」

「違います！」

危険だぁ！　嫌な予感がするぅ。

バルドーさんも頷いているが、これまでの行動から、腕っぷしで解決しようとするところがあるのは実証済み。

これは、俺が目を光らせておかねばならない奴だ……。


不安なやり取りがあったものの、俺らは町に入り、宿に向かう。

宿に着くとミーシャとジジの二人が馬車を預けに行ってくれた。

今日宿泊する宿は、俺が作った物だ。

作った、とはいっても素組みのようなもので、ドアや窓の設置、内装なんかは手付かずだったから完成しているのを見ると、ちょっと感動してしまう。

これだけわずかな期間で完成させるために、多くの人が頑張ってくれたんだろうな……。

そんなことを考えながら正面玄関から入ろうとしたら——男がドアをぶち破りながら吹っ飛んできた。

中を覗くと、門兵達にいちゃもんをつけていた五人組がいた。全員剣を抜いている。

しかもそのうちの一人が受付のお姉さんに掴みかかり、怒鳴りつけているではないか。

「なんで俺達に上等な部屋を用意出来ないんだ！　客を追い出せ！」

「そちらの部屋をご予約なされているのは、代官様からご紹介いただいたお客様です。そんなことは出来ません！」

すると男は剣の柄で、女性を殴りつけた。

——プツンッ！

俺は、自分の中で何かが切れたのを感じた。

そして気が付くと、女性を殴った男に飛び蹴りをしていた。

男は、壁に打ち付けられる。

それを見た仲間の男達が襲い掛かってきたので、一瞬で叩きのめす。

「お、俺達にこんなことしてタダで済むと、ぎゃあーーー！」

蹴り飛ばした男が壁を背に起き上がりつつ、ふざけたことを言うので、思わず肩を殴りつけた。

骨が砕けた感触が拳に返ってくる。

男は痛みのあまり、転げ回る。

や、やりすぎたかなぁ。でも女性に手を上げるなんて、許しておけない！

「お前こそ、女性を殴ってタダで済むと思うなよ！」

カッコよく決めたつもりだったが、男からの反応はない。

そんなタイミングで、町の騎士が何人か入ってくる。

少し遅れて、ドロテアさんとバルドーさんもやってくる。

地面に転がっているのとは別の男が叫ぶ。

「ハァ……ハァ……これはコーバルに対する宣戦布告と取っていいんだな!?　准男爵家ごときが子爵家に喧嘩を売ったら、おしまいだぞ！」

すると、ドロテアさんが前に出てきて、名乗りを上げる。

「その宣戦布告は私が受けたのじゃ！　先に他領の民に暴力を振るったお前達が、当然悪いのじゃ！」

「すぐに代官にドロテア様がコーバルと戦争すると伝えるのだ！　そして兵士に戦争の準備をさせろ！　ドロテア様がこの戦いの後ろ盾だ！　気兼ねなく戦うぞぉーーーー！」

「「うおおおぉーーーーー！」」

バルドーさんの言葉に、騎士達は揃って叫び声を上げた。

コーバル家の兵士に募らせていた不満が爆発した形だな。

……って、えっ、えっ、戦争!?

急速に背筋が冷えるのを感じる。

さすがに戦争にまで発展してしまったら、マズいよね!?

俺はこの場を収めようと、手を挙げながら前に出る。

「待て待て待てぇーい！」

あっ、また時代劇っぽい感じになってしまった!?

俺は顔を真っ赤にしながら、この場をどう収めるべきか必死に考える。

第28話　戦争へ？

「テンマ、さっきのはフリではなく、自分でやりたかったのじゃな」

「ちがーーーーーう！」

ニヤニヤしているドロテアさんに対して、俺は全力で首を横に振る。

ちょうどそんなタイミングで、ミーシャとジジが宿へ入ってきた。

ま、まずは落ち着くためにも、出来ることから着手しよう。

「ミーシャとジジは、そこにいる女性と、入り口にいる男性の治療をしてくれ」

ポーションを渡すと二人は、急いで治療を始めてくれた。

「あなた達は、そこのコーバル兵達を拘束してください」

そう頼むと、騎士団は一瞬で男達を縛り上げた。

それが終わるの待って、俺は口を開く。

「まず戦争するためには大義名分が必要。そうでなくとも手順は守らなくてはダメだ！　そうでないと、敵以外にも目をつけられることになる」

「しかし――」

副団長の言葉を遮って、俺は声を張る。

「戦争をさせるために、研修を受けさせたわけじゃない！」

「でも、最初に手を出したのはテンマじゃな」

……ドロテアさん、こんなときに限って的確にツッコんできやがる。

俺は一瞬「うぐっ」と言葉に詰まりながらも、なんとか言う。

「力は、女性や子供など弱者を守るために使ってほしい……」

くそ～！　言い訳みたいになっちゃったじゃないかぁ！

「ドロテア様、お久しぶりです」

突然宿に入ってくるなりそう挨拶をした男性に、ドロテアさんは明るく返す。

「おお、ヤミンではないか。こんなところで何をしておる？」

「ドロテア様は相変わらずですね。私がこの町の代官になると、先日ご挨拶に伺いましたよね？」

「そ、そうじゃったの。ちゃ、ちゃんと覚えておるのじゃ」

絶対に覚えていない上、たぶんロクに聞いていなかったんだろうな。

とりあえずこれまでの経緯を伝えると、ヤミンさんは大きな溜息を吐いた。

「先代の代官も何度もこういった事案に対して、向こうの指揮官であるジュドキンに苦情を入れて賠償も求めていたそうです。しかし取り合ってくれなくて困っていた、と。そのくせジュドキンはちょくちょくこの町に泊まりに来ます。今回もそこの彼らがジュドキンの部屋を確保しに来たのでしょう。ちなみにジュドキンはこれまで、宿代を払っていません」

「そんなの盗賊と同じではないか。なんでそんなことを許しているのじゃ!?」

あんまりな事態に、ドロテアさんが憤慨しているな。

ヤミンさんは言う。

「アルベルト様にはその都度報告しています。まずはロンダ領から正式に苦情を申し立て、様子を見る事にしたのですが……収まる気配がありません。実は先日再度報告を上げており、もしまた問題が起こったら、強硬手段を取って良いと返事をもらったところです」

「ほほう、それは楽しみじゃ」

これで戦争をする口実は用意出来たわけだが……目をぎらつかせながら『楽しみだ』と宣うドロ

テアさんに任せるのは危険だ。

　俺は提案する。

「それではジュドキンに最終警告しましょう。正式な謝罪と賠償の支払いをしなければ、このことを王家に報告する。領主の許可も取っている。そう伝えれば、謝罪してくるんじゃないですか？」

「そんな必要はない！　私が一瞬で奴らを灰にしてやるのじゃ！」

　やっぱりドロテアさんに任せると大雑把な解決しか見られない。説得しよう。

「ドロテアさん、コーバルには兵士でない人達も住んでいます。彼らまで灰にしたら、あいつらとやっていることが変わりませんよ！」

「そ、それは……」

「テンマ様の案通りに進めるのが良いのではないでしょうか。警告したことを記録しておけば、戦争になった際にあちらの意思によってこのような事態になったという証拠にもなりますし」

　バルドーさんは賛成してくれた。

　それに続くような形で、その場にいる全員が納得してくれた。

　でもなんだか、さっきのバルドーさんの言い方、戦争が起こるのを前提としているような口ぶりじゃない？

　……どうかジュドキンが大馬鹿でないことを祈ろう！

◇　◇　◇　◇

テンマの決断から二十分後。

ロンダ騎士団の副騎士団長でこの町の兵士を預かるカツレルは、二十もの兵士を引き連れて、コーバルの砦の建設現場に向かっていた。

カツレルが引き連れている兵士は、すべて研修によって鍛えられた精鋭だ。

現在砦の建設現場にいる兵士の数はおよそ二百――だが、戦力としてはロンダの騎士団の方が上である。


十分後、カツレル達は砦に到着した。

砦本体は木の骨組みしか完成しておらず、その手前に粗雑な五十メートルほどの柵が立っている。

柵の向こう側は野営ゾーン。たくさんのテントがまばらに配置されており、そこかしこから炊事の煙が上がっていた。

カツレルは道沿いに立っている兵士二人に話しかける。

「指揮官のジュドキンを呼べ！　先ほどそちらの兵がロンダの領地内で女性に暴行を働いた。何度も苦情を申し立てているのに、兵の態度は改善するどころか悪化している。これ以上の暴挙は許せぬ！　謝罪と賠償、そして、これまでロンダにて犯罪をした者の引き渡しを要求する！」

見張りの兵士は一瞬面食らったような表情をしたものの、すぐに薄ら笑いを浮かべ、答える。

「なんでロンダのクズ兵士ごときに言われて、指揮官を呼ばないといけないんだ？　今すぐ帰って、ママのおっぱいでも飲んでろ！」

シービックが爵位の低い領地相手に好き放題してきたのを見ていたコーバルの兵士は自分達も爵位が下の相手には好き放題しても許されると考えていた。

加えてシービックが廃嫡されたことで給金が下げられるという噂も広がっている。そのため、その原因となったロンダの人々を恨んでいるのだ。

「それがお前達の返答だな。全員抜剣！　テックス導師の加護をいただいた我々が、ここで手を下そう！　英雄ドロテア様の手を煩わすまでもあるまい！」

カツレルの言葉に、兵士達は声を揃えて叫ぶ。

「「「オオッ！」」」

カツレルは続けて言う。

「兵士ではない者——作業員はすぐにこの地を去れ！」

コーバルの作業員達は、急いで自分達のテントに走っていった。

そんな光景を前に、見張りの兵士達は混乱していた。まさか相手が本気で戦闘をしてくると思っていなかった上、英雄ドロテアの名前が出てきた理由すらも見当がつかないからだ。

「ま、待て！」

震える手を突き出して、見張りの兵士がカツレルを止める。

だがカツレルは馬から降り、見張りの兵士に怒りの形相で近づいていく。

「待てだと!? 他領の正式な使者を侮辱しておいて、待てるわけがないだろが！」

カツレルはそう言うと、コーバルの兵士の内一人を、斬り殺した。

その様子を見ていたもうひとりの兵士は、腰を抜かして小便（しょうべん）を漏らしてしまう。

騒動を半笑いで遠巻きに眺めていた兵士も、予想外の展開にパニックを起こす。

しかしそんな中でも一回り体の大きいコーバルの兵士が、大剣を担いで前に出た。

彼はコーバル兵の中で、最も実力がある男だ。

そんな彼は口を開く。

「ロンダの雑魚（ざこ）がこんなことしでかして、タダで――」

ズシャ！　ボトッ。

大柄な戦士の首が落ちた。

コーバルの兵士達は何が起きたのか理解出来ず、呆然とする。

カツレルは研修によって魔力量が増加し、更に身体強化を覚えたことでこれまでとは別格の強さを手に入れた。

更に魔力操作も精密になり、剣に魔力を纏（まと）わせられるようになったのだ。

そんな彼の動きを、コーバルの兵士は視認することすら出来ない。

そこに指揮官のジュドキンが駆けつけてきた。

「こ、これは何事だぁーーー！」

彼の叫びは、空しく響き渡った。

第29話　小心者の馬鹿だった

「こ、これはどういうつもりだ！　我々に盾つくつもりかね‼」

そう口にするジュドキンに対して、カツレルは一歩踏み込む。

「黙れ！　こちらに対して先に無礼を働いたのは、そっちだろう！　責任者のお前に、もう一度使者として伝える。先ほどそちらの兵が我が領内の女性に暴行を働いた。これまで何度も苦情を申し入れているのにもかかわらず、だ。それを受け、領主のアルベルト様は強硬手段を取るという決断をした！」

カツレルはそこで言葉を切り、兵士達を見回してから話を続ける。

「そして今回の一件は英雄ドロテア様とバルドー様の目の前で行われた。これにより、英雄ドロテア様は激怒され、正当な対応がなされなければ——謝罪に賠償、罪人の引き渡しが行われなければ、この地の兵士をまとめて殲滅するとおっしゃったのだ！」

ジュドキンは顔を真っ青にして、ブルブルと震え始める。

カツレルはそんなジュドキンに対して不敵な笑みを浮かべ、言い放つ。

「逃げ出せると思うなよ！　今回コーバル子爵家は、複数の貴族家が取り決めた約定を破ったのだ。また、ドロテア様やバルドー様を通してこの一件は王家の知るところとなるだろう！」

ジュドキンはことここに至って、ようやく自分達がやりすぎたのだと気が付く。

彼は最近まで小さな部隊の隊長でしかなかった。

だがシービックが廃嫡された穴埋めをするような形で、二百を超える部隊の指揮官に突然抜擢されたのである。

コーバル子爵は任務を下す際にジュドキンに子爵からロンダと交わした約定について話し、『今はロンダに手を出すな』と命じていた。

しかし、同様の任に就いていたシービックはそんなことを気にしている様子すらなかった。その上、ジュドキンが一緒にロンダ領の町に行った際にも、彼がどれだけ横暴な振る舞いをしても苦情が来ただけで、罰を与えられることはなかった。

それを見てきたジュドキンが、約定を重んじる訳はない。彼もシービック同様に振る舞った。そして、それでも罰が与えられることはなかった。

しかし、その積み重ねが今こうして、彼に牙を剥く。

ジュドキンは絶望しそうになったが、ロンダの兵士の言葉に希望を見出す。

正式な対応――謝罪と賠償をして、犯罪を犯した者を引き渡せば、まだ最悪の事態は避けられるかもしれないと考えたのである。

「待ってくれ！　そ、そちらの要求通りに対処する。準備の時間をくれ！」

カツレルは恐らく提案を蹴られ、戦争になると予想していた。

それ故、想定外のジュドキンの言葉に戸惑う。

しかし、そこで弱みを見せてはならぬと、毅然(きぜん)とした態度で言う。

「十分だ！　それを過ぎればお前達を殲滅する！」

すると、ジュドキンは大慌てで兵士に指示を出す。

「聞いたか！　すぐに犯罪者を連れてこい。抵抗する者は殺して構わん！　ここで対応を間違えたら、コーバルはおしまいだ！」

このジュドキンの命令には、敵であるカツレルも呆れてしまう。

ここまであからさまに保身を取るトップなど、そうはいないからだ。

そして当然、その決断に対する反発が起こる。

これまでロンダの兵に捕らえられ、身柄を引き渡されても、気にするなと言われる程度だったのに、突然他領に犯罪者として引き渡されることになった者は、納得出来ようはずもない。

「そんなの納得出来るかぁ！」

一人がそう言って逃げ出すと、他の者も次々と逃げ出す。

しかし、さすがに逃げ切れるわけもない。半分は殺され、半分は捕らえられた。

そして、カツレルの指示で本当に罪を犯した者であるかの確認が進む。

カツレルはすでに戦争を起こそうという気力を失っていた。

自分達の保身のために仲間を平気で殺し、ひたすら怯えるコーバルの兵士達と真剣に戦うのが馬鹿らしくなったのである。

一通りの確認を終え、カツレルはジュドキンと小隊長を数名連れて帰路に就くのだった。

◇　◇　◇　◇

俺、テンマは宿の一階の飲食スペースにいる。

周囲にはいつもの仲間とヤミンさんもいる。

カツレルさん達が戻ってくるまでにメンタルを回復せねばと思い、シルモフをしていると——

「テンマ、このような場所でそれはやりすぎなのじゃ！」

アンタが常識的なことを言うんじゃない！

確かにこの世界では従魔や獣人をモフモフすることがはしたないこととされている。そのため俺はピピやメイちゃんをさりげなくモフっているし、最近はシルモフも人目につかない場所かD研(どこ)くらいでしかしていない。

でも、自分のせいで戦争が起こりそうだという、非常にストレスが溜まる状況では仕方ないだろう！

ドロテアさんの忠告を無視してシルを抱き抱え、モフりを加速させる。

そう、今俺は先ほどの自分の行動を思い返し、複雑な気分になっている。

あの男達を叩きのめしたことに後悔(こうかい)はない。

前世の自分なら理不尽な事をされても我慢するしかなかった。

そうせずしっかり制裁を加えられたことには後悔を抱くどころか、すっきりした気すらしている。

でも、そのぶん、並外れたこの力を今後、感情に任せて振るってしまわないか？　と不安になってしまう。

ドロテアさんはわがままで横暴ではあるが、俺以外に攻撃魔法を使わないところを見るに、ギリギリで制御している気がする。

このまま戦争になったら、どうしよう。

俺は決して力を徒に振るいたいわけじゃなくて、快適に生きたいだけなんだ……。

早くこの町を出て、のんびり旅を続けたい。

シルモフをしながら鬱々と思い悩んでいると、宿の玄関が騒がしくなった。

◇　◇　◇　◇

目の前では、コーバルの指揮官・ジュドキンと数名の小隊長が正座している。

宿の玄関に到着した時には、既にこの状態だった。

「これまでの宿泊費用の未払い分と彼らが壊した物の修繕費、怪我した町民の治療費でトントンですなぁ。これに損害賠償やらを加えると全く足りませんね」

ヤミンさんは、彼らが持ってきたお金を数えた上でそう言った。

「しかし、コーバル子爵から預かったお金はこれしかありません！」

そんな一言を皮切りに、ジュドキンは恥も外聞もなく謝罪した上ですべてを話した。

シービックが失脚して大抜擢されたこと。コーバルでは下の爵位の領地に好き勝手することが普通だったこと。地位を得て調子に乗ってしまったこと……。

そんな話を聞き終わった今、俺だけじゃなく、全員が呆れている。

少しして、ヤミンさんが呆れたように呟く。

「これほど非常識な考え方が根付いてしまうなんて……信じたくない話ですなぁ」

「とりあえず彼らがしたことを文章にして、正式な謝罪の書類も出してもらいましょう」

そう提案するバルドーさんも、なんだか拍子抜けしたような表情だ。

ヤミンさんは頷く。

「それしかありませんな。それと賠償については借用書を作りましょうか。そこにコーバルの指揮官としてサインさせれば、コーバル子爵に足りない金額を請求出来ますし」

しかし、それを聞いたジュドキンは狼狽(うろた)える。

「そ、それだけは勘弁してください。そんなことになったら、私は処刑されます！」

しかし、ドロテアさんはそれには触れず、ただすごんでみせる。

「そこの小隊長達のサインも必要じゃな。それが出来なければ今すぐ縛り首じゃ。それで構わぬな？」

「喜んでサインさせていただきます！」

こいつ、小心者の馬鹿だ……。

戦争は回避出来たから良かったけど、俺、こんな奴のせいで悩んでいたの？

結局彼らはこちらの要求に素直に従い、町民からの罵声(ばせい)を受けながら帰っていった。

第30話　ドロテアめぇ！

宿は三階建て。俺らはその最上階の一番奥の部屋に、泊まらせてもらえるらしい。

どうやらそこは貴族用に作られた部屋らしく、内装は驚くほど豪華だ。

部屋の中にも更に部屋があり、従者や使用人も一緒に泊まれるみたいだな。

しかし、俺とシル以外は部屋に入ると、すぐにどこでも自宅へ入ってしまった。

今日はシルモフしながら眠りたかったが、明日以降進む道は、まだ整備されていない。

朝までに道を作らないと、立ち往生することになってしまうのだ。

本来であれば昼間に作業をしたいところだが、王都への新規ルートはテックスが作ることになっている。

人の見えるところで露骨に魔法を使ったら俺がテックスだとバレてしまうので、出来ないのだ。

くっ、旅に出れば社畜生活が終わると思っていたのに！

どうにか作業を終えて部屋に帰ってきた俺は、着替えることすら出来ず倒れ込むように眠ってしまった。

◇　◇　◇　◇

そして目を覚ますと……なぜかいい香りがするし、掌には柔らかい感触が伝わってくる。

ムニュムニュ。

すごく柔らかいなぁ～。でも、シルの体ってこんな柔らかかった？

俺はそれを揉みながら、どうにか目を開く。

えっ、えええええっ、なんでドロテアさんがここにいるの⁉

目の前には寝転びながら、笑顔で俺を見つめるドロテアさんがいた。

じゃあこの、柔らかい感触はもしかして⁉

視線を下に下ろしていくと、ドロテアさんの胸の上にバッチリ自分の手があった。

な、なんでぇーーー！

ドロテアさんはニヤッと笑って言う。

「やっと目が覚めたか。積極的なテンマも良いものじゃな」

「イヤァーーーーー！」

思わず情けない悲鳴を上げてしまう。

ベッドの端までシーツを引っ張って逃げ出した俺は、自分の体に異常がないか確認する。

だ、大丈夫、て、貞操は無事だぁ！

絶対に守りたいっていうわけではないが、意識がないときに失うのは絶対に嫌だぁーーー！

「テンマ様、大丈夫ですか？」

俺の悲鳴を聞きつけたのだろう、ジジが部屋の中に入ってきた。

ジジは苦笑いしながら言う。

「朝食の準備が出来たので呼びに行こうとしたら、ドロテア様が行くというので……」

「私が優しく起こしてやったのに、悲鳴を上げるとは失礼な奴じゃ！」

ドロテアさんはそう言いながら、まだニヤニヤ笑っている。

……もしかして、無理やり触らせたのかぁーーー！

心の中で嘆きながらも、ちゃんとあの感触を覚えておけば、という後悔の気持ちも……ゲフン。

ともあれ気持ちを切り替え、俺はダイニングスペースに移動する。

もうすでに俺とジジ、ドロテアさん以外のメンバーと、ヤミンさんはテーブルについていた。

俺らも早速席に着く。

そして食事を食べ始めて少しして、ピピが聞いてくる。

「お兄ちゃん、さっき大きな声を出していたけど、何かあったの？」

「……こ、怖い夢を見たのかな？」

なんで疑問形になってるんだ！

我ながら情けない。

「じゃあ、こんどピピがいっしょに寝てあげるね！」

何て優しい子なんだぁ～！

それにひきかえドロテアめぇ～。

心の中で文句を言いながらも、先ほどの感触が一瞬蘇り……ってダメだ！

当のドロテアさんは、なんだかいつもの悪戯っぽい表情ではなく、嬉しそうな……乙女のような表情をしている。

もしかして押しは強いが、押されると弱いタイプか？

強気で言い寄って、急に弱気になるドロテアさんを想像して、ニヤニヤしてしまう。

「テンマ様、何か楽しいことでもありましたか？」

バルドーさんにそう質問され、ふと我に返る。

「い、いや、特には何も……」

すると、タイミングよく、ヤミンさんが別の話題を振ってくれる。

「いやぁ、それにしても大賢者テックス様はすごいですなぁ。今朝門番から新たな道が出来ていると報告がありました。アルベルト様から事前にお話を聞いていなければ、まず信じられなかったでしょう」

「いえいえ……それほどでもないですよ」

謙遜する俺の横で、バルドーさんが言う。

「そちらの道はまだ途中までしか出来ていません。我々と、あと事情を知るアルベルト様が来たとき以外は、誰も通らないようにしてください」

「ええ、そちらについても伝わっております」

ヤミンさんは満足気に頷いた。

◇　◇　◇　◇

寝不足だし朝に色々あったしで体がだるいが、出来るだけ早く王都に行きたいので、朝食を摂って、支度を終えたらすぐにレンカ村を出発することに。

馬車を門に向かわせると……なぜか兵士や町民が大勢見送りに来ていて、大変な騒ぎになってしまった。

今回も俺とバルドーさんが御者台に座り、それ以外のみんなは馬車の上で手を振っていた。

無事に門を出てから、新しく作った道を進む。

少し進んだ先にある森の入口に、数名の兵士が立っていた。

なんとなく見たことのある顔もいるので、研修の参加者だろう。

「お疲れ様です。今、木の柵をお渡ししますね」

アイテムボックスから用意しておいた木の柵を出して渡すと、兵士達はそれを配置し、この道を通行止めにしてくれる。

よし、打ち合わせ通りだな。

俺は御者台に戻り、手綱を握る。

すると、ドロテアさんがやってきた。

「私達はどこでも自宅でゆっくりするのじゃ」

結局、ドロテアさんとアンナ、バルドーさんとピピはD研(どこ)に戻ってしまった。

なんだか、旅に出てからも俺が一番仕事をしてないか？

まぁいいや。この世界をもっと知ることが出来るんだっていう楽しみの方が今は大きいし。

俺はこれからの道のりに思いを馳せ、心を躍らせながら馬車を走らせた。

〈番外編〉

I became the strongest in another world
in the tutorial during my lifetime.

閑話　異世界転生管理局

時は、テンマが二度目に教会を訪れる更に前にまで遡る。

場所は、転生者を管理する、神々が運営している団体——異世界転生管理局の本部内にある一室。

後にアンナと呼ばれることになる案内嬢は、両腕を放り出すような格好で、机に突っ伏していた。

髪はぼさぼさで、目は泣きじゃくったことで腫れ上がっている。

彼女は自分のミスによってテンマが不利益を被ったことが明るみになったことで、部屋から出ることを禁じられてしまった。

しかし、そうでなくとも彼女に部屋を出る気力はない。

彼女は、自分の失敗を後悔し続けていた。

いつからかわがままな転生候補者に嫌気が差し、その結果流れ作業で仕事をこなすようになった。

その結果が、この大ポカだ。

案内嬢はそこまで考えて、がばっと顔を上げる。

（でも、自分だけ悪いみたいに言われるのは納得出来ないわ！）

案内嬢は、今の管理局のシステムでは、上手くいくわけがないと感じていた。

ただ転生先の世界の環境を複製しただけの場所に転生者を送り込み、放置する――そんな研修に果たしてどれだけの効果があるのかと、常々考えていたのだ。

もっとも、テンマが受けた研修を検討する最中で、テラスの研修だけはそうではないと知り、感動していたわけだが。

案内嬢は、研修のシステムを改善するべきだと何度も訴えていたが、異世界転生管理局は、現状維持をよしとして動かない。

結局ただルーチンワークをこなす他なく、やる気を失ってしまったのだ。

（ここに配属されたときは、夢と希望に満ち溢れていたなぁ～）

案内嬢はそう考え、また涙を零した。

◇　◇　◇　◇

一方、異世界転生管理局の本部の前では、これまでにないことが起きていた。

直接テラスが乗り込んできたのである。

「テラス様、本部には直接来てはならないことになっております。早急にお帰りください」

そう口にするのは管理局の本部がある神域を管理する神。

しかし、テラスは微塵も物怖じすることなく言う。

「そちらのミスで私の管理する世界が破滅しそうなのに、いつまで経っても返答をくれないから来ただけよ」

「ですが、規則は規則です！」

管理者がそう言うのに対して、テラスは鼻で笑う。

「その規則が出来たのって、自分の世界に転生者を送ってほしい神が殺到したら困るからでしょう？　今回はそんな身勝手な理由ではなくて、そちらのミスが原因なの」

「しかし、それでも……」

「そう、分かったわ」

テラスが諦めたと思い、管理者は内心胸を撫で下ろす。

しかし、テラスは険のある口調で言う。

「それなら管理局が自分達のミスを隠蔽していたと、直接あのお方にお伝えするしかないわね。ああ、もちろんあなたが加担していたことも一緒にお話しさせていただくわ」

テラスは振り返り、自分の神域に戻ろうとする。

それを管理者は慌てて引き止めた。

「お、お待ちください。それほど大変な事情がおありなら、すぐに上に確認してまいります」

「あらあら、私は最初からそう言っていたでしょう？」

「も、申し訳ありません」

「それじゃあ、テーブルとお茶のセットを用意してくれるかしら？」

管理者は顔を引き攣らせながら頷く。

「お、お任せください。お菓子も良い物を用意します」

「ええ、よろしくね」

テラスは勝ち誇ったようにそう言い、建物の中へと入っていった。

◇　◇　◇　◇

異世界管理局のトップに君臨する八人の神の前で、テラスは優雅にティーカップに口を付けた。

不遜な態度を取る彼女を牽制するように、立派な白髭を蓄えた神が口を開く。

八人の神々はそれぞれ立場が上の者から一番、二番……と番号を与えられており、彼はその最上位である一番を冠している。

「テラスさん、規則を曲げてもらっては困りますな」

バリン！

「あら、ごめんなさい。ミスをしておいて規則だとか言い出すから、思わず手が滑ってしまったわ。

オホホホ」

カップをいきなり放るという常識はずれなテラスの行動に、八人の神々は青筋を立てる。

テラスはそんな彼らを無視して、後ろに控えている低級の神に言う。

「ごめんなさい。代わりのカップをお願いね」

カップを受け取りながら、テラスは問う。

「それで、以前から送っていた質問への回答はしてくださるのかしら？」

一番の神が口を開く。

「そ、それは、まだ調査中で――」

バリン！

先ほどより大きな音がした。

テラスはカップどころか、あろうことかお茶の入っていた陶器のポットを放り投げたのだ。

彼女の怒りはすでに、頂点に達していた。

「あら、ごめんなさいね。でも、いくらなんでもまだ調査中なんてことはありえないでしょう？　何回問い合わせたとお思いで？　冗談が面白すぎて、思わず手が滑ってしまったわ。オホホホ！　さて、それでは担当直入に聞きましょう。なぜ転生者のうち一人だけに、研修を十五年もさせたのですか？」

八人の神々は、押し黙った。

研修において手違いが起こったことくらいまでは知られているだろうと思っていたが、まさか年数まで割れているとは思っていなかったのだ。

「な、なぜそのことを?」

二番の神の質問に、テラスはあっけらかんとした口調で答える。

「あら、転生者本人から聞いたのよ」

「それは規則違反ではないか!」

三番の神が立ち上がり、怒鳴った。

しかし、テラスは冷たい目線を寄越す。

「規則違反? 私の世界では教会に来れば私と会話出来ることになっているわ。そのシステムに関しては以前、承認していただいたはずですよね?」

神々は、またしても声を上げられなくなる。

数多(あまた)ある世界は管理者——創造神が自由に創ることが出来る。

出来上がった世界への過剰(かじょう)な干渉は許されてはいないが、そうでない限り、基本的にその世界の中でどのようなルールを設定するのかは自由だ。

神が何かしらの手段で干渉する場合は、世界を創る際に手続きが必要ではあるが、テラスはそれを怠っていなかった。

それに、転生者は転生先の世界の転換点となるべく召喚された存在だ。

故に、創造神が転生者に普通の人より多く干渉することは暗黙の了解とされている節がある。

沈黙を守る神々をぐるっと見回してから、テラスは口を開く。

「まさか、私の世界が消滅すればミスがなかったことになるとか、考えていらっしゃらないわよね？」

神々は、焦りを表情に浮かべる。

（話にならない……）

テラスはそう思い、溜息を吐いた。

しかし、それでも原因と対処については聞かないと、ここに来た意味がない。

これ以降も同じ失敗を繰り返されては困るのだから。

「それじゃあ改めて言うわ。調査結果を報告してくれるかしら？」

一番は諦めたかのように息を大きく吐くと、二番に報告するよう指示する。

そうして語られたことの顛末を聞き、テラスは頭を押さえる。

（そんなことが起こり得るの……？　っていうかそれを隠しておこうとしていただなんて、やっぱりこいつらは腐っている！）

「それで、どういった対処をしてくれるのかしら？」

「「「……」」」

誰一人テラスの言葉に答えない。

「自分達で対処出来ないなら、あのお方に報告して判断していただきましょうか？」

「「「……」」」

ことここに至っても自分で判断力することも出来ない神々を前に、テラスは額に手を当てて、俯くしかなかった。

そのときだった。

あらゆる感情を逆撫でるような、それでいて神々しい波動がその場に溢れた。

テラスが恐る恐る顔を上げると、そこには十歳くらいの金髪の少年が立っている。

（――異世界転生管理局を創った、あのお方だ）

そう気付いた瞬間、テラスは慌てて頭を下げる。

「お久しぶりでございます」

金髪の少年は、気安い感じで右手を上げる。

「ああ、テラスちゃん元気にしてた？　相変わらず精神的に疲れると、顔が老ける上に神々しさが半減するんだね」

そう、テラスは精神的な疲労がすぐに顔と気配に表れるのだ。

本人もそれを気にしており、普通こんなことを言われたら憤慨する。

しかし、テラスは腰を折る。

「はい、覚えていただいていたようで……感激いたしました」

「う～ん、そんな堅苦しくしなくていいよ。今回は僕が作った異世界転生管理局が迷惑をかけたみたいだね」

「お手を煩わせてしまい、申し訳ございません」

「いいんだよ。さて、先にこっちの用事を済ますから、テラスちゃんはお茶でも飲んでいて」

「はい」

テラスはそう返事したが、こんな状況でお茶など飲める訳がない。

緊張に体を強張らせるテラスを見て、金髪の少年は少し笑い、八人の神々の方を向く。

「事情はすべて把握しているよ」

「「申し訳ございません！」」

神々は金髪の少年に謝罪する。

「異世界転生管理局を作ったときに、言ったよね？　問題が起きることは仕方がない。だけどその後にきっちり対処することが大事だって。どうやら問題をまるっきり無視していたようだし、報告すら上がってきていない。これはどういうことかな？」

「お許しください。これからは必ずご期待に沿いたいと思います」

一番が代表して答えたが、金髪の少年は首を横に振る。

「それは無理だね。待てない」

パチン。

金髪の少年が指を鳴らすと、八人の子供がどこからともなく現れた。

「彼らに代わって、異世界転生管理局をお願いね」

子供達は、目を輝かせ、頷いた。

それを見ていた、八人の神々はこの世の終わりを見たかのような表情を浮かべる。

金髪の少年は言う。

「それじゃあ、もう一度下からやり直してね」

「「お、お待ちください‼」」

パチン！

再び少年が指を鳴らすと元神々の姿は消えた。

彼らは神格を剥奪され、転生させられることになったのだ。

◇　◇　◇　◇

「テラスちゃん、お待たせ！」

金髪の少年は、今さっき八人の神を終わらせたとは思えないほど気軽にテラスにそう声をかけた。

テラスは、全身から冷や汗が流れ出すのを感じていた。

「座って、座って」

金髪の少年はそう言うが、テラスは座ってよいものか迷う。

それを見て、金髪の少年はもう一度言う。

「テラスちゃんが立っていたら、お話が出来ないでしょ？」

「し、失礼します」

テラスは一言断って、椅子に座る。

それを見て満足そうに笑みを浮かべ、金髪の少年は口を開く。

「それで……テンマ君だっけ？　彼は元気にしてる？」

「は、はい、元気に過ごしています」

「そう、それは良かった。彼、面白いでしょ」

「はい……」

テラスは何が面白いのか理解出来ないが、恐怖から頷いた。

「前世の頃から彼に目をつけていたんだ。彼はテラスちゃんの研修施設と相性が良いと思っていたけど、大正解だったみたいだね」

テラスはその言葉に、思わず考え込む。

（テンマを前世から知っている？　私の創った研修施設が彼に合ってる？　転生者が割り振られる世界はランダムだと思っていたけど……違うっていうこと？）

テラスは、ハッとする。

金髪の少年がこちらを見つめているのに気付いたのだ。

彼は笑みを浮かべているが……目は真剣だ。

「その辺は、深く考えないでね」

テラスは唾を呑み込み、頷くことしか出来なかった。

「しかし、テラスちゃんの研修施設は本当によく考えられているよね。あれを参考にして他の管理者達にも研修施設を創ってもらおうと思うけど、いいかな?」

「ええ! 光栄です!」

「まあ、研修施設にあんなバグがあって、大量の物資まで持ち出されたのは驚いたけど、管理局のミスがなければ、それほど大きな問題にはならなかったろうしね。とはいえ、調整は必要だろうけど」

研修において、テラスは一日に決まった量の物資を自動で支給していた。

本来それは使い切られることを前提としていたわけだが、テンマはそれを自身のルームにため込み、異世界に持ち込んだ。しかしそれは本来あってはならないこと。

そもそもルームが使えるようになるまで研修が続くと想定されていなかったからこそ起こったバグだと言える。

テラスは、もしかしたら軽く小言を言われるかと思い、身構える。

しかし、金髪の少年にそれを特別指摘する意図はない。

気にした様子もなく話を続ける。

「しかし……あれほどのチート能力を手に入れるとはねぇ～。やっぱり……」

そこまで言うと、金髪の少年はテラスに聞こえない声でぶつぶつと呟き始める。

テラスは、勇気を出して口を開く。

「彼は、私の管理する世界を消滅させることが出来るくらいの力を持っています」

「う～ん、彼はそんなことしないんじゃないかな？　……確かに、前世で色々とあったから不安定ではあると思うけど。っていうかテラスちゃん、考え過ぎでまた老けちゃってるよ？　あっ、そうだ！」

パチン！

金髪の少年は何か気付いたように指を鳴らした。

すると案内嬢が姿を現した。当然目は腫れたままで、髪だってボサボサだ。

彼女は、ただ呆然としている。

「この子が、今回の一連のミスを引き起こしたんだよ」

案内嬢は、この施設の別の部屋より突然呼び出された。

しかし、あまりの神々しさに、金髪の少年の正体に気付く。

案内嬢は、飛び上がるように土下座する。

「この度は私の失敗で、大変ご迷惑をお掛けしました。どのような処罰も受け入れる覚悟は出来ています」

テラスはそんな案内嬢に対して、怒りよりも憐(あわ)れみを感じる。

「そうかい助かるよ。それじゃあ後始末を手伝ってもらいたいんだが……いいかな？」

金髪の少年は言う。

「もちろんでございます！」

「ありがとう。君には今回の被害者であるテンマ君の、眷属になってもらおう」

「「えっ！」」

案内嬢とテラスは揃って驚きの声を上げた。

それを無視してまた少年が指を鳴らすと、案内嬢の目の腫れは治まり、髪も綺麗になり……なぜかメイド服姿になっていた。

金髪の少年は言う。

「テンマ君はこの服装が好きみたいなんだ。彼には無理やり眷属として彼女を押し付ける形になるわけだ。だからせめてもの配慮として、出来るだけ彼の趣味・嗜好(しこう)に合わせようと思ってね」

自分の姿が綺麗になったことに、案内嬢は驚く。

テラスはこれのどこが後始末なのかと首を傾げる。

金髪の少年は口を開く。

「彼女には特別な能力を授けた。もしテンマ君がテラスちゃんの世界を消滅させるような行動をすれば、自動でテンマ君の力を抑えられるような、そんな能力をね」

テラスは神々しさを取り戻す。

「あ、ありがとうございます！」

頭を下げたテラスに、金髪の少年は人差し指を立てて言う。

「彼女の能力は彼の近くにいないと発動しない。だから眷属になってほしい……ということさ。とはいえ彼が了承してくれなければ、この話は白紙だけどね」

「私に異議はございません。必ず彼が彼女を眷属にしてくれるように説得します！」

「まあ、彼女は彼のタイプの見た目をしているし、服装も彼好みにしたから大丈夫だと思うけどね」

案内嬢はそんなやり取りを聞きながら、思う。

（下界に行くことに抵抗はあるけど、異世界転生局でやりがいもなく働くより遥かにマシね。その程度の処罰で済むなら、是非もないわ）

「下界の記憶を失っている神も多い。君も確かそうだったよね？　眷属として下界で得た知識も、きっと今後のプラスになるはずだ。戻ってきたら役立ててね」

案内嬢はそんな金髪の少年の配慮に溢れた言葉に、涙を流す。

「あ、ありがとうございます。ご期待に応えられるように精一杯頑張ります！」

少年は嬉しそうに微笑んだ。

テラスと女神は少年に何度もお礼を言って、二人でテラスの世界に戻った。

二人の姿が見えなくなると、これまで静かに話し合いを見守っていた、新たに異世界転生局を任された子供のうちの一人が口を開く。

「本当に特別な能力を授けたんですか？　基本的に能力を授ける際には何か揺らぎのようなものが起こるはず。今回それが見えなくて……」

「えっ、そんな都合の良い能力なんて授けるわけないじゃん！　作れるけどね」

彼はとても気まぐれだ。テンマが案内嬢と関わった際の反応を見るためだけに彼がこんなことをしたのだとは、テラスも案内嬢も気付かない。

自分の世界の神域に戻るなり、テラスは大きく息を吐く。

「良かったわぁ。これで、私の世界は消滅せずに済んだわ！」

そんな彼女の言葉に、案内嬢ががばっと頭を下げる。

「私のミスで大変ご迷惑をお掛けしました。今回の失敗を挽回（ばんかい）するために、精一杯頑張ります！」

「そうね、あなたはあのお方に非常に重要な役目を託されたのよ。誇りに思って精進（しょうじん）なさい」

「はい！　これからもご指導ご鞭撻（べんたつ）のほど、よろしくお願いいたします！」

◇　◇　◇　◇

テラスは神域内で、お茶を飲んでいた。

お茶を淹れたのは、案内嬢である。

「あらあら、彼女が私のテンマ君の眷属になるの？」

部屋に入ってくるなり大きな声を上げたのは、獅子の獣神だった。

テラスは頷く。

「そうよ。彼が教会に来るまでにしっかりと彼女の見た目を磨いて、教育もしておいてね」

「そういうことなら、私に、お・ま・か・せ。完璧に仕上げてみせるわ！」

（気合の入った表情で言ってくれるのは嬉しいけど、ウインクはいらないわ……）

そう思い、溜息を吐くテラス。

すると、もう一人神が現れた。

「でもぉ、最近のテンマ君はぁ、積極的に町の発展を頑張っているしぃ……彼女は必要なのぉ？」

彼女は魔族を守護する女神である。

髪型や化粧が奇抜で、語尾を無駄に伸ばして喋る、変わった神だ。

「確かにテンマ様に私は必要ないかもしれません。ですがあのお方からこの世界を守る役目を命じられました。私はあの方を見守りつつ、彼の命がある限り、支えていこうと考えています！」

自信に満ちた表情で拳を握る案内嬢を、テラスは優しく見つめながら言う。

「テンマ君はこの世界にとって良い転換点になるでしょう。それに今のところ暴走する気配はないけど、もしもの場合にもあなたがブレーキになってくれると考えれば、安心ね。これで私の世界は安泰（あんたい）よ！」

しかし、それに水を差すように魔族を守護する女神が口を開く。

「テラス様がそう言うのならぁ、私は構わないけどぉ。テンマ君はこれからロンダを出るみたいよぉ。テンマ君が王都に行けば彼を利用しようとしたりぃ、邪魔に思って排除しようとしたりする馬鹿がぁ、絶対にいるだろうしぃ、心配なのぉ」

魔族を守護する女神の話を聞き、テラスのお茶を飲む手が止まる。

「た、確かにそれは考えられるわね……」

更に魔族を守護する女神は言う。

「テンマ君は前にジジちゃんが酷い事されそうになったときにぃ、結局は他の人が解決したのにぃ、呪術を使って報復していたしぃ」

すると、獅子の獣神が言う。

「それなら、今いる場所で国を興すように話したらどうかしら。各地の教会にテンマ君を後押しするように神託を出せば問題ないと、私の筋肉が言っているわよ」

獅子の獣神はそう言うとポージングを決め、胸筋をピクピクさせる。

「でもぉ、そもそもテンマ君が教会に来なければぁ、話も出来ないしぃ」

結局はテンマが教会に来なければ話は進まない――そんな現実を突きつけられ、皆が沈黙した。

そもそもこのままでは、案内嬢をテンマの眷属にすることすら出来ないのである。

少しして、テラスは言う。

「と、ともかく！　テンマ君が教会に来たら、彼女を眷属にする件について話し、国を興すことを提案してみましょう！」

こうしてひとまずの方針は決まった。

すると、不意に獅子の獣神が言う。

「もう！　私もテンマ君の眷属になって夜伽を務めたいわぁ～」

魔族の女神も内股になり、親指を口で咥えながらもじもじする。

「そうねぇ、テンマ君に毎晩可愛がってもらえるのならぁ、私もお願いしたいぃ」

「ふふふっ、あなた達、いい加減にしなさい」

そう言うテラスは、どこか楽しそうだ。

それを見て、案内嬢が慌てて声を上げる。

「ま、待ってください。私はテンマ様の眷属として仕えるだけで、夜伽なんかしませんよ⁉」

すると、テラスと眷属二人は驚愕の表情を浮かべる。

代表して、テラスが言う。

「あらあらあら、あなたは突然何を言い出すの？　そのメイド服はテンマ君の趣味嗜好に合わせて、あのお方が用意してくれたのよ。テンマ君の欲望を叶えることもあなたの役目じゃないかしら？」

「そ、そんな！　それは嫌です！　何千年も純潔を守ってきたのに、そんな……それなら！」

案内嬢は決死の表情を浮かべて拳を握ったが――一向に何も起きない。

テラスは笑う。

「ほほほ、あなたの神格はすでになくなっています。自分の意思で若返ったり年老いたりは出来ませんよ」

神は自身の意思で容姿や年齢を変えることが出来る。

しかし、もう案内嬢は神格を剥奪されているので、不細工な姿になることも出来ないのだ。

案内嬢は絶望のあまり、暴れ出す。

しかし、一瞬で獅子の獣神に縄で縛られてしまった。

テラスと眷属達は、どうにか女神に夜伽をするよう言い聞かせ、頷かせた。

しかし全てを諦めた彼女の目は、今や死んだ魚のようだ。

（結局救いなんてなかったのね……もう世界なんかどうだっていい。私は私を一番に考えて守るんだ……）

案内嬢はそんな暗い決意を固めて、テンマが教会を訪れる日を待つのだった。

異世界へと召喚された平凡な高校生、深澄真。彼は女神に「顔が不細工」と罵られ、問答無用で最果ての荒野に飛ばされてしまう。人の温もりを求めて彷徨う真だが、仲間になった美女達は、元竜と元蜘蛛!? とことん不運、されどチート な真の異世界珍道中が始まった!

2期までに
原作シリーズもチェック!

●各定価：1320円（10%税込）
●illustration：マツモトミツアキ

1～18巻好評発売中!!

月が導く異世界道中 1
あずみ圭
木野コトラ
とことん不運、されどチート!!
シリーズ累計29万部
薄幸系主人公の異世界放浪記、コミカライズ第1巻!!

漫画：木野コトラ

●各定価：748円（10%税込）●B6判

コミックス1～12巻好評発売中!!

ワンバイエイト
1×∞ 経験値1でレベルアップする俺は、最速で異世界最強になりました!

1～2

著 マツヤマユタカ
Yutaka Matsuyama

異世界生活（アウトドア）満喫中!!

異世界爆速成長系ファンタジー、待望の書籍化!

トラックに轢かれ、気づくと異世界の自然豊かな場所に一人いた少年、カズマ・ナカミチ。彼は事情がわからないまま、仕方なくそこでサバイバル生活を開始する。だが、未経験だった釣りや狩りは妙に上手くいった。その秘密は、レベル上げに必要な経験値にあった。実はカズマは、あらゆるスキルが経験値1でレベルアップするのだ。おかげで、何をやっても簡単にこなせて——

●各定価:1320円(10%税込) ●Illustration:藍飴

この作品に対する皆様のご意見・ご感想をお待ちしております。
おハガキ・お手紙は以下の宛先にお送りください。

【宛先】
〒150-6008 東京都渋谷区恵比寿4-20-3 恵比寿ガーデンプレイスタワー8F
（株）アルファポリス　書籍感想係

メールフォームでのご意見・ご感想は右のＱＲコードから、
あるいは以下のワードで検索をかけてください。

アルファポリス　書籍の感想

ご感想はこちらから

本書はWebサイト「アルファポリス」（https://www.alphapolis.co.jp/）に投稿されたものを、改題、改稿、加筆のうえ、書籍化したものです。

転生前のチュートリアルで異世界最強になりました。4
～準備し過ぎて第二の人生はイージーモードです！～

小川　悟（おがわ　さとる）

2023年 8月31日初版発行

編集－若山大朗・今井太一・宮田可南子
編集長－太田鉄平
発行者－梶本雄介
発行所－株式会社アルファポリス
〒150-6008 東京都渋谷区恵比寿4-20-3 恵比寿ガーデンプレイスタワー8F
TEL 03-6277-1601（営業）　03-6277-1602（編集）
URL https://www.alphapolis.co.jp/
発売元－株式会社星雲社（共同出版社・流通責任出版社）
〒112-0005 東京都文京区水道1-3-30
TEL 03-3868-3275
装丁・本文イラスト－しあびす
装丁デザイン－AFTERGLOW
印刷－図書印刷株式会社

価格はカバーに表示されてあります。
落丁乱丁の場合はアルファポリスまでご連絡ください。
送料は小社負担でお取り替えします。

ISBN978-4-434-32493-2 C0093